백두산 이야기
품송주니

팝콘 소년
베이컨 소녀

박성경 장편소설

모든 것에는 갈라진 틈이 있다.
바로 그 틈새를 통해 빛이 들어온다.

— 레너드 코헨

차례

1988년 서울, 달동네	9
달동네 왕따 보이, 왕따 걸을 만나다	23
달동네 사람들	28
옛날 애인	36
카사노바	41
카풀	48
소풍	53
그 사람	61
우리들의 양지	70
몰래 데이트	89

장미와 보석	96
실연	109
청혼	113
결혼식	126
신혼여행	133
팝콘 소년과 베이컨 소녀	144
임종	157
2025년 대성리, 강가	169
에필로그	173

작가의 말　174

1988년 서울, 달동네

하늘과 아주 가까이 있는 서울의 한 달동네, 숭인동 860번지. 별들이 달동네의 밤하늘을 수놓았고, 별들 사이로는 둥그런 보름달이 떴다. 희고 탐스러운 보름달은 밤의 왕이라도 되는 것처럼 별들을 거느리며 그 빛을 한껏 뽐내는 중이었다. 이 동네에서만큼은 그 누구도 편애하지 않겠다는 듯 밤의 왕은 달동네를 골고루 구석구석 비추어 댔다.

이 집 저 집에서 아기 울음소리, 부부싸움 소리, 개 짖는 소리, 고양이 우는 소리가 한동안 들려오더니 멈춰 버렸다. 달동네에 정적이 맴돌고 있었다.

달빛이 달동네의 한 다가구주택 마당에 내려앉았다. 오늘따라 유난히 환한 달빛이 다가구주택의 단칸방 안으로 스며 들어갔다. 단칸방 벽에 남자 중학생 교복이 걸려 있었고, 책상 한구석에 지

구본이 올려져 있었다. 방바닥엔 이동문고의 도서 『어린 왕자』가
나뒹굴고 있었다.

연필 한 자루가 앉은뱅이책상의 편지지 위를 바쁘게 달려갔다.
달동네가 모두 잠든 시각, 보석만이 홀로 깨어 아빠에게 편지를
쓰고 있었다. 보석이 앉은뱅이책상 앞에 앉아 연필을 쥔 손에 꾹,
힘을 주었다.

아빠, 안녕하세요?

축하해 주세요. 올해 드디어 중학생이 되었어요. 이제야 편
지를 보내게 되어 죄송해요.

솔직히 국민학교 때는 친구들이랑 노느라 정신이 없잖아요.
맞춤법도 잘 모르고.

그동안 바빠서 아빠를 까맣게 잊고 살았는데 아침에 갑자기
이제부턴 나도 변해야겠단 생각이 들지 않겠어요? 중학생이
되니까 좋네요. 철이 든다니까요.

언젠가 엄마가 말했거든요. 아빠는 하늘에서 우리를 지켜
주고 계시다고. 하늘을 부웅~ 날아다니고 계실 거라고요. 와
우, 정말 멋져요. 그건 비행사란 뜻이잖아요. 그때부터 아빠가
비행사란 걸 알게 되었어요.

친구들한테 자랑해도 되겠죠? 뉴욕으로, 런던으로, 파리로
날아다니는 아빠의 모습을 상상만 해도 흥분이 돼요.

이제 자주 편지할게요. 전 아빠 주소를 모르니까 엄마가 대신 부쳐 주실 거예요.

1988년 3월 중학교 입학을 기념하며
아들 문보석 올림

p.s. 지도책에서 봤는데 혹시 카트만두라는 이상한 이름의 도시도 가 보셨나요?

마지막 문장의 마침표를 찍자마자 보석은 편지지 위에 코를 박았다. 책상에 엎드려 잠이 드는 일은 보석에게 흔히 있는 일이었다. 보석은 곧바로 꿈 없는 단잠에 빠져들어 갔다. 새벽녘 퇴근해 집에 온 엄마가 보석을 번쩍 안아 이불에 눕히는 것도, 파스 냄새를 풍기며 보석의 얼굴에 입맞춤하는 것도 까맣게 모른 채. 엄마가 책상 위에 놓인 보석의 편지를 읽으며 안으로 큭, 삼키는 소리―울음소리인지 웃음소리인지 모를―도 듣지 못하고서.

달동네에 아침이 찾아왔다. 다가구주택 단칸방에 세 들어 사는 동지들이 졸린 눈을 비비며 하나둘씩 마당으로 나왔다. 보석도 수돗가로 나와 사글셋방 동지들 틈에서 치카치카 칫솔질을 해 댔다. 그야말로 한 개의 수도, 한 개의 화장실을 같이 쓰는 사글셋방 동

1988년 서울, 달동네 11

지들의 출근 전쟁이 시작되는 시간이었다. 신혼부부가 사는 방의 석유곤로 위에서는 된장찌개가 보글보글 끓고 있었다. 된장찌개는 얼마 전 보석의 앞방에 둥지를 튼 신혼부부 중 신랑 차지가 될 것이었다.

옆방 애숙 누나가 샴푸와 대야를 들고 마당으로 나왔다. 그러고는 뜨거운 물이 담긴 대야를 수돗가에 내려놓았다. 애숙이 수도꼭지에서 찬물을 받아 대야에 담긴 뜨거운 물에 섞어 미지근하게 만들고는 샴푸로 머리를 감기 시작했다. 샴푸 냄새가 향긋했다. 사시사철, 사글셋방 동지들은 연탄 아궁이나 석유곤로에 물을 끓여 써야 했다. 달동네의 수도꼭지에서도 따뜻한 물이 나오면 좋겠지만 현실은 그렇지 못하니까. 보석이 치약 거품을 튕겨 가며 애숙을 향해 물었다.

"누나, 오늘 몇 시에 끝나?"

"왜?"

왜긴, 혼자 저녁 먹기 싫으니까 그러지.

"데이트할까?"

애숙은 기가 막힌 듯 웃었다. 애숙은 공무원 연금 매점에서 일하는데 거기서 파는 빵과 우유를 보석에게 자주 사다 주었다. 보석이 가장 좋아하는 빵은 보름달 빵이었다. 맛도 좋은 데다 폭신하니까.

보석은 인심 쓰듯 바가지로 미지근한 물을 떠서 애숙의 머리에

부어 주었다. 그러고 나서 미지근한 물을 조금 남겨 자신의 대야에 붓곤 세수를 했다.

"퇴근하고 딴 데로 새지 말고 빨리 와, 알았지?"

애숙은 눈을 감은 채 머리를 헹구며 손가락으로 오케이 표시를 해 보였다. 세수를 마친 보석은 방으로 쏙 들어갔다. 방에서 파스 냄새가 진동했다. 사실 엄마는 아들보다 파스와 더 가까이 지내는 편이다. 항상 붙이고 다니니 말이다. 언제부턴가 보석은 파스 붙이는 전문가가 되어 버렸다. 파스 포장을 뜯고 엄마 허리에 붙이기까지 3초도 안 걸렸다. 그럴 때면 엄마는 월급이 파스 사는 데다 나간다며 배보다 배꼽이 크다고 투덜댔다. 파스 붙여 주는 아르바이트는 어디 없을까? 그럼 돈깨나 모았을 텐데. 보석은 자고 있는 엄마가 깰까 봐 살금살금 책가방을 챙겨 나왔다.

24시간 문을 여는 식당에서 새벽까지 설거지를 하는 것이 엄마의 직업이었다. 설거지를 직업으로 삼는 건 꽤 힘든 일일 것이다. 자면서도 끙끙 앓는 신음 소리를 내는 걸 보면 얼마나 피곤한 직업인지 짐작할 수 있었다. 보석이 혼자 아침을 챙겨 먹고 학교 가는 것도 모르는 걸 보면.

사실 그간 보석을 키워 온 건 팔 할이 사글셋방 동지들이었다. 예전에 엄마 허리가 파스로도 해결이 안 되어 병원에 입원했었는데 사글셋방 동지들이 돌아가면서 보석에게 밥을 해 먹였다. 엄마는 퇴원하고 나서도 한동안 세상인심이 아무리 야박해도 달동네

1988년 서울, 달동네   13

인심은 살아 있다는 말을 입에 달고 살았다. 한마디로 립서비스만 한 거다. 그럼 덜 미안해질 것 같아서.

보석이 제 몸집만 한 크기의 책가방을 메고 다가구주택의 대문을 나서며 "학교 다녀오겠습니다!"를 외쳐 댔다. 이제 막 귀에 보청기를 끼고 하루를 시작한 주인 할머니가 "그려. 잘 다녀와!" 하고 큰 소리로 대답을 해 주었다.

등굣길, 아이들이 교문으로 밀려들어 왔다. 보석도 그 틈에 끼어 걸어갔다. 사실 아이들 틈에 끼어 있다기보다 틈바구니에서 삐져나와 있는 느낌이 더 짙었다. 보석은 잠시 발걸음을 멈추고 하늘을 올려다보았다. 보석에게 왠지 모를 뿌듯함이 밀려왔다. 보석은 교실로 발걸음을 옮겼다.

긴장과 내숭으로 가득 찬 교실, 쥐 죽은 듯 조용한 학년의 교실을 뽑는 대회가 열린다면 아마 중학교 1학년 1학기 교실이 1등을 차지할 것이다.

반 아이들은 알파벳을 거의 다 떼고 들어와 학기 초부터 보석을 주눅 들게 만들더니 쉬는 시간에도 공부만 했다. 다들 전생에 공부 못 해서 죽은 귀신 조상들이 있는 게 분명했다. 또 여자애들은 하나같이 어쩜 그리 새침한지 말 좀 붙일라치면 눈을 동그랗게 뜨고 째려봤다. 학교에 오자마자 배가 아프다며 양호실부터 향하는 여자애도 있었다.

보석은 또래에 비해 유난히 몸집이 작은 편이었다. 키도 작았다. 반에서 제일 작으니까 어쩌면 전교에서 가장 작을지도 몰랐다. 작다는 건 여러모로 짜증 나는 일이었다. 교실에서도 맨 앞자리에 앉아야 하고 선생님 눈에도 잘 띄니까. 선생님 눈에 띈다는 건 아무래도 부담스러운 일이니까.

보석은 중학교 3년 내내 입으라고 엄마가 일부러 크게 맞춰 준 교복이 오늘따라 더 크게 느껴졌다. 보석은 갑자기 국민학교를 1년 일찍 들어간 것이 후회가 되었다. 일곱 살 때 한글을 다 떼고 나서 빨리 학교 보내 달라고 엄마에게 떼를 쓴 것이. 그럼 맨 앞자리 신세는 면하지 않았을까?

하굣길의 보석이 운동장에서 줄넘기를 하고 있는 여학생들 사이를 지나가고 있었다.

"꼬마야, 꼬마야, 줄을 넘어라~ 꼬마야, 꼬마야, 고개를 들어라~."

얘들도 아직 중학교 생활에 적응하지 못하고 있는 거다. 벌써부터 국민학교 시절이 그리워진 거다. 그 시절 놀이가. 쯧, 중학생이면 중학생답게 놀라고.

순간 휘익, 불어오는 바람에 같은 반 소정의 치마가 들춰졌다. 그 바람에 알록달록 꽃무늬 팬티가 보석의 눈에 들어왔다. 아침마다 배가 아프다는 과에 속하는 소정은 수업만 끝나면 언제 그랬냐

1988년 서울, 달동네 15

는 듯 표정이 해맑아지곤 했다.

"얼레리꼴레리, 팬티 보인대요."

보석이 소정에게 손가락질하며 놀려 댔다. 소정의 얼굴이 빨개졌다.

"저러니 누가 좋아해?"

소정이 줄넘기를 하다 말고 보석의 뒷모습을 노려보며 씩씩댔다. 운동장을 조금 더 어슬렁거리다 교문을 나선 보석은 학교 앞 문방구를 지나 골목길로 접어들었다. 버스비를 아끼기 위해 보석이 걸어 다니는 길이었다. 보석은 옷 가게를 지난 뒤 신발 가게와 미용실을 거쳐 갔다. 고소한 기름 냄새가 솔솔 풍기는 통닭집 앞을 지날 땐 들어가고 싶다는 충동에 발걸음을 돌려세울 뻔했다. 그래도 아직 갈 길이 멀었다. 보석은 사고 싶은 것과 먹고 싶은 것들을 모두 지나쳐 마침내 달동네에 도착했다. 보석은 골목에서 삼삼오오 무리 지어 딱지치기를 하고 있는 아이들에게 다가갔다. 보석이 의기양양하게 물었다.

"니네, 우리 아빠 뭐 하는지 알아?"

"알 게 뭐야. 저리 안 가? 못생긴 땅꼬마야."

골목대장 병우가 보석을 밀쳤다. 병우란 녀석은 보석과 동갑인데 학교를 제 나이에 들어가서 이제 6학년이었다. 이사 온 아이가 이 골목에 새로 편입하려면 반드시 병우의 허락을 받아야 했다. 병우는 보석이 자기보다 한 학년 위라는 이유로 그동안 놀이에 끼

위 주지 않았다. 보석은 병우 때문에 이 골목에서 친구가 없었다. 딱 한 놈 때문에. 인생은 그런 거다. 언제나 딱 한 놈 때문에 재수가 없어지는 거다. 그런데 6년 내내 한 아이가 골목대장이라는 건 너무 심한 거 아냐?

"나 이제 꼬마 아냐. 중학생이야."

보석은 힘주어 강조해 보지만 아무도 귀담아듣지 않았다. 아이 한 명이 딱지를 땅에 힘껏 내리치는 순간, 아랫집 대문 안에서 병우 엄마의 목소리가 새어 나왔다.

"병우야, 밥 먹어."

"알았어."

병우가 땅에 벌려 놓은 딱지들을 잽싸게 챙기곤 일어섰다.

"난 딱지는 벌써……."

보석이 말을 끝내기도 전에 병우가 자기네 집 대문을 향해 달려갔다. 아이들이 뒤따라 하나둘씩 집으로 돌아갔다.

마침내 아이들이 전부 사라진 골목에 보석 혼자 덩그러니 남았다.

"졸업했다구……."

석양이 보석의 얼굴 위로 길게 드리웠다. 비행기가 부웅 하늘을 가르며 지나갔다. 보석은 하늘을 올려다보며 왠지 모를 서러움에 입술을 실룩였다.

단칸방으로 들어온 보석은 손을 씻은 후 혼자서 대충 저녁을 차려 먹었다. 정식으로 차려 먹고 싶어도 그럴 수가 없었다. 엄마는 늘 반찬들을 대충 만들어 놓고 다니니까. 어묵볶음에 깨소금도 안 뿌린다든가—깨소금이 비싸다면서—, 물에 불린 미역을 참기름 에 볶지도 않고—참기름이 비싸다면서—간장만 넣어 맹탕으로 국을 끓인다든가, 뭐 항상 이런 식이었다. 이러니 반찬 타령을 안 할 수가 없었다. 그럴 때면 엄마는 자신이 솜씨가 없어서가 아니 라 시간이 없어서라며 애꿎은 시간 타령을 했다.

보석은 빈 그릇을 설거지통에 넣어 놓고 숙제를 펼쳐 들었다. 간 혹 설거지를 할 때도 있었지만 그것은 보석의 기분이 최고로 좋은 날이거나 엄마의 상태가 최악으로 나쁜 날일 경우였다.

엄마는 늘 보석에게 학교 다녀오면 숙제부터 해 놓고 나서 나가 놀라고 당부했지만 어림없는 말씀이었다. 엄마가 없는데 옆에 있 는 것처럼 말을 고분고분 잘 듣는 건 어쩐지 손해 보는 기분이 들 었다.

오늘 숙제는 인수분해였다. 분수는 알아도 인수는 모르겠다. 인 수도 모르는데 그걸 분해까지 하라니 정말 맘에 안 들었다.

보석은 문간방에 사는 형욱 형에게 인수에 대해 물어볼까 잠시 고민했다. 그러다 자존심이 허락하지 않아 관두었다. 별로 친하지 도 않은 사람에게 모르는 문제를 묻는 건 실례인 것 같기도 해서 였다. 보석이 형욱과 친하지 않은 이유는 라이벌 의식 때문이었 다. 보석은 예쁜 여자는 좋아해도 잘생긴 남자는 별로 좋아하지 않았다. 형욱은 영화 조감독이라고 했다.

보석은 애숙 누나를 떠올렸다. 그러나 누나도 모를까 봐 관두었다. 누나의 자존심을 건드리긴 싫었다. 누나가 언젠가 자기는 "자존심 빼면 시체"란 말을 한 적이 있기 때문이었다. 그래서 보석은 애숙 누나와 끝말잇기 놀이를 할 때 일부러 져 주는 적이 많았다. 끝말잇기 놀이는 보석이 제일 잘하는 놀이임에도 불구하고 말이다. 그런데 이젠 끝말잇기 놀이도 시시해졌다. 애숙 누나가 더 이상 새로운 단어를 대지 않기 때문이었다. 예를 들면 반대말, 말띠, 띠동갑, 갑순이, 이런 식으로 단어가 계속해서 반복되었다. 보석이 다른 단어를 댈라치면 누나는 전에 했던 단어를 그대로 대라고 했다. 왜 새로운 단어를 대서 자신을 곤란하게 만드느냐고. 그럴 때면 갑순이는 고유명사이기 때문에 끝말잇기 놀이에 해당하는 단어가 아니라고 지적하고 싶었지만, 애숙 누나가 자존심 상해할까 봐 보석은 그냥 넘어가곤 했다. 이젠 새로운 놀이를 개발해야 할 때가 왔다. 국민학교도 졸업한 마당인데.

"보석아, 나 왔어."

애숙의 목소리가 들렸다. 일찍 오기로 약속해 놓고선. 벌써 맹탕국을 먹어 치웠다고.

보석은 하다 만 숙제를 책상에 그대로 펼쳐 둔 채 방을 나섰다. 보석이 애숙의 방문을 두들겼다.

"누나! 들어가도 돼?"

"응. 들어와."

애숙의 허락이 떨어지기가 무섭게 보석이 안으로 들어섰다. 다가구주택에서 애숙의 방에 자유롭게 출입이 허락된 사내는 보석뿐이었다.

애숙이 화장을 하고 있었다. 화장품 냄새가 방 안을 진동하며 보석을 유혹했다. 보석이 황홀한 듯 눈을 감았다. 보석은 애숙의 옆에 찰싹 붙어 앉았다. 그러곤 애숙이 화장하는 모습을 넋을 잃고 바라보았다. 하늘에서 선녀가 내려와 이 방에 앉아 있다고 해도 저렇게 예쁘진 않겠다. 보석이 코를 킁킁거렸다. 애숙이 말했다.

"우리, 데이트는 내일 하자. 오늘은 친구랑 약속 있거든. 기다릴수 있지?"

"여자 친구야?"

"당연하지."

애숙이 크리넥스 한 장을 톡, 뽑아 립스틱 바른 입술에 댄 뒤 입을 앙다문 다음 뗐다. 크리넥스에 새빨간 입술 자국이 선명하게 찍혔다. 이 순간 보석은 차라리 한 장의 크리넥스가 되고 싶어졌다. 저 크리넥스를 선물로 달라고 하면 누나가 뭐라고 할까? 거절당할까 봐 입 밖에 내진 않기로 했다.

"좋아, 평생이라도 기다릴 수 있어."

애숙이 보석을 보며 코맹맹이 소리를 냈다.

"칫, 바람둥이 같으니."

"누나, 정말 예쁘다. 강수연이랑 똑같아."

"진짜?"

"그렇다니까."

"고마워. 호호호."

기분이 좋아진 애숙이 보석의 볼에 가볍게 뽀뽀해 주었다.

"나 이쁘다는 사람은 우리 애인밖에 없다니까."

보석은 이 틈을 타서 애숙의 화장대 위에 놓인 빈 향수병을 슬쩍 집어 들었다.

"이거 다 썼어? 나 가져도 돼?"

"빈 병은 맨날 가져다가 뭐에 쓰니?"

보석은 대답 대신 향수병을 손에 꼭 쥔 채 일어섰다. 후다닥 자신의 방으로 건너온 보석은 앉은뱅이책상에 앉아 아빠에게 편지를 쓰기 시작했다. 연필 한 자루가 편지지 위를 신나게 달려갔다.

나는 여자들이 좋아할 만한 이야기들을 많이 알고 있어요. 여자들은 예쁘다고 말해 주면 금방 넘어와요.

배우 이름을 들먹이면 더 빨리 넘어오죠. 난 화장한 여자들이 좋아요. 화장품 냄새도 좋아해요.

화장품 뚜껑을 열고 냄새를 맡을 때면 현실이 아닌 것 같은 착각이 들어요.

보석이 앉은뱅이책상의 서랍을 열었다. 서랍 안엔 그동안 모은 화장품 빈 병들이 가지런히 놓여 있었다. 보석은 빈 향수병을 서랍 안에 넣고 문을 닫았다.

내 또래 여자애들은 시시해요. 스무 살도 안 된 여자애들은 정말 싫어요.

화장도 안 하고 맨얼굴로 다니는 애들은 간이 부었다니까요. 그런 애들은 예의상 키스를 해 줘야 하는 중요한 순간에 꼭 우유를 사 달라 그러니까요.

아빠, 내가 연상의 여자들만 사귄다고 실망한 건 아니겠죠?

보석은 자리에서 벌떡 일어나 엄마 화장대로 향했다. 그러곤 화장대 위의 화장품 뚜껑을 전부 열기 시작했다. 보석은 스킨, 로션, 콜드크림, 향수 뚜껑을 열어 하나씩 냄새를 맡아 보았다. 보석은 향기에 취해 기분이 좋아졌다. 보석은 이불 위로 쓰러지면서 슬며시 눈을 감았다. 보석의 입가에 미소가 맴돌았다.

달동네 왕따 보이, 왕따 걸을 만나다

학교 수업을 마친 보석은 달동네로 들어섰다. 오늘은 평소와 달리 골목에서 노는 아이들을 그냥 지나쳐 갔다. 의외로 쉬웠다. 내일도 그래야겠다. 그리고 평소와 다른 게 하나 더 있었다. 아까부터 웬 여자아이가 보석을 따라오고 있었다. 단발머리를 한 가냘픈 몸집의 아이는 해진 가방, 물려 입은 듯한 낡은 교복, 다 떨어진 운동화 차림이었다. 보석이 돌아보면 아이는 멈춰 서고, 보석이 다시 가면 아이가 다시 따라오고, 보석이 또 돌아보면 아이는 움찔하며 멈춰 섰다. 저 여자애, 뭐 하자는 거냐. 나랑 '무궁화꽃이 피었습니다' 놀이라도 하자는 건가.

보석이 갑자기 멈춰 서자 여자아이도 걸음을 딱 멈췄다. 보석이 그 애에게 퉁명스럽게 물었다.

"너 뭐야? 왜 따라오는데."

여자아이는 대답 대신 배시시 웃었다. 보석이 화를 냈다.

"야, 너 말 못 해? 왜 따라오냐고!"

여자아이가 그제야 들릴 듯 말 듯한 목소리로 답했다.

"귀여워서."

"뭐?"

"꼭…… 도토리 같아."

여자아이가 다시 한번 배시시 웃고 나서 고개를 숙였다. 보석은 자존심이 상했다. 엄마도 보석의 아픈 데를 건드리지 않는데 하물며 생전 처음 보는 말라깽이 계집애가.

"저리 꺼져!"

"미안, 미안. 실은 너 꽤 괜찮아. 정말이야."

꽤 괜찮다는 말이 듣기 싫은 건 아니지만 한번 상처 입은 보석의 자존심은 쉽게 회복되지 않았다. 보석이 여자아이를 무시한 채 걷기 시작했다. 그 아이가 다시금 쫄래쫄래 따라왔다. 보석이 집 앞에 도착할 때까지 아이는 계속 따라왔다. 아이의 발걸음 소리는 거의 들리지 않아서 보석이 돌아보고 확인하지 않으면 따라오지 않는 것 같기도 했다. 어느새 보석을 따라잡은 여자아이가 나란히 걸으며 물었다.

"나랑 놀래? 너, 친구 없지?"

"네가 어떻게 알아?"

"봤어. 운동장에 혼자 있는 거."

보석은 멈춰 서서 눈에 힘을 주었다.

"저리 안 가? 화장도 안 한 주제에."

부릅뜬 보석의 눈을 보자 여자아이가 움찔했다. 내친김에 보석은 더욱 무서운 표정을 지으며 물었다.

"너 몇 살이야?"

아이는 곰곰이 생각하더니 답했다.

"열다섯 살."

보석은 잠시 움찔했다. 뭐야, 나보다 두 살이나 많잖아.

"븅신, 지 나이도 생각해 보고 말하냐."

보석이 여자아이를 요모조모 뜯어보았다. 쌍꺼풀은 없지만 동그랗고 큰 눈, 높진 않지만 부드럽고 가느다란 콧날, 선홍색의 얇은 입술 등 오밀조밀한 생김새가 그리 밉상은 아니었다. 화장을 하면 훨씬 더 예쁠 것 같았다.

보석이 아이에게 물었다.

"교복을 보니 같은 학교네."

"맞아."

"이 동네 살아?"

"응. 얼마 전에 이사 왔어."

"이름이 뭐야?"

"양지……."

여자아이는 수줍은 듯 다시 한번 배시시 웃었다. 보석이 주먹을 불끈 쥐어 보이며 말했다.

"앞으로 내 눈에 띄면 죽을 줄 알아. 알았어?!"

보석은 뒤도 안 돌아보고 대문 안으로 쏙 들어갔다.

"학교 다녀왔습니다."

보석이 마당에 서서 외쳐 댔다. 오늘은 주인 할머니의 대답이 들리지 않았다. 보청기를 빼고 잠을 자는 중인가 보았다. 양지는 아직 가지 않고 대문 앞에 서 있었다. 보석은 방으로 들어가 냉장고를 열고 주전자를 꺼내 보리차를 발칵발칵 들이켰다.

얼마 전 보석의 엄마는 미니 냉장고를 방에 들여놓으면서 이 집에 사는 사람 중 냉장고가 있는 집—냉정하게 말하자면 사글세 단칸방이지만—은 우리밖에 없을 거라며 보석에게 큰소리를 쳤었다. 그러더니 보리차만 열심히 채워 놓았다.

보석은 다시금 보리차를 꿀꺽꿀꺽 들이켜고 나서 냉장고 안에 주전자를 집어넣었다. 주둥이에 입을 대고 마셨지만, 엄마에게 미안할 건 하나도 없었다. 누가 이런 맹물만 넣어 놓으랬나. 바나나 우유라도 채워 놓으면 어디 덧나.

보석은 엄마가 아끼는 낡은 라디오를 틀어 주파수를 맞추었다. 얼마나 머리가 나쁜지 틀 때마다 주파수를 다시 맞춰 주어야 했다. 라디오에서 동물원의 노래 〈거리에서〉가 흘러나왔다. 보석은 허밍으로 노래를 따라 불렀다. 아무래도 가사를 다 알진 못하니까.

보석이 노래를 부르다 말고 아까 그 여자아이를 떠올렸다. 양진지 음진지 하는 그 애, 아직 대문 밖에 서 있을까, 갔을까, 있을까, 갔을까, 알게 뭐냐. 가든 말든. 보석은 잠깐이나마 양지를 떠올렸다는 사실에 자존심이 상해 자리에서 일어나 방을 박차고 나갔다.

어느새 슬그머니 대문까지 나간 보석은 아까 양지가 서 있던 자리에 서서 중얼거렸다.

"양지……."

달동네 사람들

이사업체 직원들이 이삿짐을 들고 낑낑대며 다가구주택 마당으로 들어섰다. 주인 할머니의 옆방에 한 아가씨가 이사를 오고 있었다. 주인 할머니는 그동안 혼자서 방 두 칸을 써 왔는데 최근에 한 칸을 비우고 세를 내놓았다. 사글셋방 동지들은 주인 할머니가 요즘 춤바람이 나서 댄스홀에 다니느라 돈이 궁해진 거라고 수군댔다.

이삿짐을 실은 트럭은 달동네의 골목이 끝나는 길에 서 있었다. 트럭은 덩치 때문에 달동네의 이 비좁은 골목까지 올라올 생각을 못 했다. 덕분에 이사업체 직원들이 애를 좀 먹겠다.

만약 이 다가구주택에 불이 난다면 119구조대가 얼마나 빨리 출동할 수 있을지 모르겠다. 그 덩치 큰 119구급차가 이 골목까지 올라올 수 없을뿐더러 이 집 앞엔 더더욱 차를 세울 수 없으니 말이다.

보석이 이삿짐을 풀고 있는 아가씨 앞에서 알짱거렸다. 아니, 아가씨의 이삿짐 앞에서 알짱댄다는 표현이 맞을 것이다. 그녀는 마치 걸어 다니는 화장품 가게 같았다. 콧날도 오뚝해서 이국적인 분위기가 났다. 무엇보다 온몸에서 화장품 냄새가 솔솔 풍긴다는 사실이 보석의 맘에 들었다.

"꼬마야, 좀 비켜 줄래?"

그녀가 불만에 가득 찬 표정을 지으며 신경질적으로 말했다. 다들 보석을 꼬마라 부르기로 약속이라도 했나? 이마에 중학생이라고 써 붙이고 다녀야 알겠나. 꼬마로 불릴 나이는 지났다는 것을.

아가씨는 이사 온 첫날인데도 기쁘지 않나 보았다. 하기야 이 달동네에 이사 오는 사람 중에 웃으며 짐을 나르는 경우는 못 봤다. 이사 갈 때 웃는 사람은 봤어도. 보석은 들은 척도 않고 그녀의 이삿짐을 계속 기웃거렸다.

"누나, 소피 마르소 닮았다. 이름이 뭐예요?"

소피 마르소 닮았다는 말에 기분이 좋아진 아가씨가 보석을 보며 말했다.

"치, 보는 눈은 있어 가지고. 난 진미라고 해. 넌 이름이 뭐니?"

"보석이요. 문보석. 근데 누나 화장품 많아요?"

보석이 진미를 향해 헤벌쭉 미소를 날렸다. 공짜로 빈 화장품 병을 얻을 수 있다면 공짜 미소쯤이야 몇 박스라도 날려 줄 수 있었다. 보석은 진미가 풀어 놓은 이삿짐 박스 안을 흘끔거렸다. 보석의 눈이 반짝였다. 찾았다! 보석은 박스 안에서 향수병을 집어 들었다.

"이거 다 쓴 거예요?"

순간, 보석의 손에서 향수병이 미끄러져 마당에 떨어졌다. 와장창, 향수병이 깨지면서 안에 들어 있던 향수가 새어 나왔다. 진미가 보석에게 화를 내며 소리를 질렀다.

"꼬마얏! 저리 안 가? 이게 얼마나 비싼 건데! 정말 귀찮게 왜 이러니? 난 너 같은 애들은 딱 질색이야!"

보석은 그제야 주춤하며 뒷걸음질 쳤다. 앞으로 진미 누나 방에 들어가 화장하는 모습을 구경하긴 힘들겠다.

"꼬마가 아니라 중학생인데요."

"그래서?"

보석은 괜히 더 말했다간 본전도 못 찾겠다 싶어 입을 다물었다. 거의 빈 향수병이었다고 말해 주고 싶었는데.

진미의 이삿짐이 방으로 전부 들어가자 목욕탕에 다녀온 엄마가 뽀얘진 얼굴로 마당에 들어섰다. 다행이다. 진미의 향수병을 떨어뜨려 박살 낸 걸 들키지 않아서.

엄마가 식당에 출근하기 위해 화장대 앞에서 정성스레 화장을 했다. 보석은 화장대 옆에 붙어 앉아 엄마가 화장하는 모습을 구경했다. 엄마는 화장을 해도 애숙 누나만큼 예뻐 보이진 않았다.

오늘따라 엄마의 화장한 얼굴이 보석의 맘에 들지 않았다. 그래도 보석은 엄마에게 말해 주지 않았다. 보석이 아니라도 엄마를 괴롭히는 사람은 많으니까. 주로 엄마가 일하는 식당 사장과 손님들인데 요즘은 주인 할머니도 엄마를 괴롭혔다. 춤바람 난 주인 할머니가 밤이고 낮이고 틀어 놓는 트로트 음악 소리에 엄마가 통 깊은 잠을 못 자기 때문이었다. 엄마는 트로트 소리에 자다가도 벌떡 일어나 투덜대곤 했다. 바람이 나려면 밖에서 나야지 왜 안에서도 나 가지고 사람을 이렇게 괴롭히느냐고.

화장을 마친 엄마가 자리에서 일어나 옷장 앞으로 갔다.

"늦었다. 보석아, 밥 챙겨 먹어."

엄마가 옷을 갈아입고 서둘러 나갔다. 보석은 엄마가 나가자마자 신경질적으로 냉장고 문을 발로 꽝, 찼다.

"이름은 보석이라 지어 놓고 왜 보석처럼 돌봐 주지 않는 거야."

석양이 창문을 통해 앉은뱅이책상에 내려앉았다. 보석은 책상에 앉아 아빠에게 편지를 썼다. 보석의 연필이 편지지 위를 달려갔다.

오늘은 엄마 얘길 해야겠어요. 엄마는 늦잠 잘 때가 많아요. 덕분에 나 혼자 아침을 차려 먹고 학교에 갈 때가 많고요. 오후가 되면 엄마는 화장을 하고 일하러 나가요. 먹고살기 힘들다…… 이런 말을 남기고요.

달동네 사람들 31

별로 많이 먹지도 않으면서 그런 말은 왜 입에 달고 사는지 모르겠어요.

생각해 보니까 저녁도 혼자 먹을 때가 많은 것 같아요.

p.s. 아빠, 혹시 내 얼굴이 궁금하세요? 걱정 마세요. 잘생겼으니까요. 하지만 사진을 보낼 순 없어요. 사진을 찍으려면 그러잖아도 피곤한 엄마를 귀찮게 해야 하니까요.

＊

양지가 보석을 기다리며 서 있었다. 여전히 해진 가방에 낡은 교복, 다 떨어진 운동화 차림이었다. 그런데 이번엔 교문 앞이 아니라 보석의 동네 전봇대 앞이었다. 양지가 이제 막 달동네 골목으로 들어선 보석을 발견했다. 양지의 입가에 살짝 미소가 피어났다. 보석이 양지가 서 있는 전봇대 앞을 지나갔다. 양지가 보석을 쪼르르 따라오면서 말을 붙였다.

"안녕? 나랑 노는 거 생각해 봤어?"

"내가 왜 너랑 놀아야 해? 중학생이 놀 시간이 어딨다고. 넌 숙제도 없니?"

"넌 친구도 없잖아. 내가 친구 해 줄게."

"저리 안 가? 정말 귀찮게 왜 이래? 난 너 같은 애들은 딱 질색이야!"

보석은 엊그제 진미가 한 말을 그대로 양지에게 내뱉었다. 보석의 집 대문 앞까지 따라온 양지가 그제야 걸음을 멈추었다. 순간 양지의 눈동자에 이슬이 반짝 맺히면서 얼굴마저 붉어졌다. 그러나 보석이 이슬에 대해 알 리가 없었다. 전처럼 뒤도 안 돌아보고 대문을 열곤 그대로 마당 안으로 들어서 버렸으니까.

방으로 들어온 보석은 책가방을 바닥에 내동댕이쳤다. 지금 보석의 심술을 받아 줄 상대는 책가방 말곤 없었다. 냉장고도 있지만 발로 차면 보석만 손해였다. 기다렸다는 듯 가방 안에서 책들이 토사물처럼 쏟아져 나왔다. 보석은 방바닥에 널브러진 숙제장을 노려봤다. 당장 숙제를 할 마음은 털끝만큼도 없었다. 아니, 앞으로 계속 숙제를 해 가지 않고 손바닥을 맞는 것도 괜찮겠다. 차라리 숙제를 안 해 가서 담임에게 찍히는 아이가 되고 싶은 마음까지 생겼다. 어차피 담임의 관심이나 사랑을 못 받을 바에야 미움이라도 받고 싶었다.

보석은 금세 방에 있는 게 지겨워졌다. 오늘은 저놈의 고물 라디오를 켜서 주파수를 맞추기도 귀찮았다. 주인을 닮았는지 꼴에 기분파라 어떨 땐 10분 이상도 걸렸다. 도대체 이놈의 방구석엔 마음에 드는 물건이 하나도 없었다. 저 냉장고만 해도 그래. 덩치는 작은 게 텅 비어 가지고 꼭 골 빈 애 같잖아.

보석은 옆방의 애숙 누나에게 건너가 화장하는 거나 구경할 생각으로 자리에서 일어섰다. 순간, 똑 똑 똑 밖에서 누군가 다른 방의 문을 노크하는 소리가 들려왔다. 보석은 문을 빼꼼히 열어 밖을 내다봤다. 애숙이 형욱의 문간방 문 앞에 서 있었다. 과일 접시를 든 채 아주 조신한 몸짓으로. 잠잠하던 방 안에서 갑자기 타자기 두들겨 대는 소리가 새어 나오는 걸 보니 어쩐지 연기하는 느낌이 들었다.

형욱이 방문을 열었다. 형욱은 자신이 직접 쓴 시나리오를 가지고 영화감독으로 데뷔하는 것이 꿈이라고 했다. 그래서인지 경상도가 고향인데도 표준말을 완벽하게 구사할 줄 알았다.

형욱이 문을 열자 애숙은 평소와 사뭇 다른 코맹맹이 소리를 냈다.

"저, 글 쓰느라 힘들 텐데 이거 좀 들고 해요."

형욱은 애숙이 정성스레 깎아 온 과일을 받아 들었다.

"아니, 뭐 이런 걸…… 잘 먹을게요."

"지난번엔 즐거웠어요."

애숙이 부끄러운 듯 미소 지었다. 문손잡이를 잡고 상황을 지켜보던 보석은 시샘이 나서 손에 힘이 빠진 채 털썩 자리에 주저앉았다. 강수연! 공부하느라 힘든 사람은 나란 말이다. 나, 문보석!

그런데 대체 뭐가 즐거웠다는 거지? 혹시 전에 화장하고 나간 날 형욱을 만나고 온 건가? 나한텐 여자 친구 만나러 간다고 해 놓고? 배신자!

34

형욱이 방문을 닫고 나서 몇 분이나 흘렀을까. 다시 똑 똑 똑, 노크 소리가 들렸다. 보석이 다시 문을 살며시 열었다.

"예?"

애숙인 줄 알고 문을 연 형욱은 이번엔 새로 이사 온 진미의 방문을 받았다. 바쁘다, 바빠. 누가 보면 한겨울 호떡집인 줄 알겠다.

"쩌기, 오빠! 오빠라고 불러도 되죠?"

"뭐라꼬예?"

진미의 당돌한 질문에 당황했는지 형욱의 입에서 사투리가 튀어나왔다.

"어머, 초면에 실례를 했나 봐요. 죄송해요."

진미가 웃음을 참으며 꾸벅 인사를 했다.

"무, 무슨 일이시죠?"

형욱은 이번엔 말까지 더듬었다.

"형광등 좀 갈아 줄래요? 혼자선 도저히 못 하겠어."

진미가 몸을 배배 꼬며 귀엽게 미소 지었다. 콩닥콩닥 형욱의 가슴이 뛰었다. 형욱이 방에서 나와 진미의 방으로 들어갔다. 잘들 논다. 보석은 입술을 삐죽이며 가방 안에 빈 향수병을 챙겨 넣곤 우다다, 방을 뛰쳐나왔다.

달동네 사람들 35

옛날 애인

보석은 향수병을 코에 대고 초저녁부터 검정고시 학원가를 어슬렁거렸다. 수업이 끝나자 직장에 다니는 야간반 학생들이 검정고시 학원 출입문을 통해 밀물처럼 쏟아져 나왔다. 입구에 선 보석은 고개를 내밀고 파도에 휩쓸리듯 학생들에게 이리저리 떠밀려 가며 누군가를 찾았다. 순간 학원을 나서던 윤희 누나가 보석을 발견하고 반가운 표정을 지으며 다가왔다.

"우리 애인 왔네? 밥 먹었어?"

보석이 고개를 푹 숙였다.

"밥맛도 없고 콱 죽어 버리고 싶어."

윤희가 풋 웃으며 보석의 손을 잡아 이끌었다.

"가자. 누나가 맛있는 거 사 줄게."

보석은 마지못한 척 윤희를 따라나섰다. 이왕이면 짜장면 사 줬

으면 좋겠다. 짜장면 먹고 싶다고 말해 줄까 말까. 중학생이 돼서
도 짜장면 먹고 싶다고 하면 누나가 비웃을지 모르는데.

보석의 속마음을 읽기라도 한 듯 윤희가 보석을 데리고 중국집
으로 들어섰다. 다행이다. 말 안 하길 잘했다.

보석과 윤희가 앉은 테이블 위에 모락모락 김이 나는 자스민차
가 놓였다. 윤희가 짜장면 곱빼기와 보통, 군만두를 하나씩 시켰
다. 그러곤 자스민차를 들고 홀짝였다.

"학교는 재밌어?"

"뭐, 그럭저럭."

"여자 친구는 없고?"

"누난 나한테 여자 친구 생겼으면 좋겠어?"

윤희가 슬며시 웃고는 강하게 고개를 저었다.

"아니."

그럼 그렇지. 이어 기다렸던 짜장면과 군만두가 나왔다. 보석은
밥맛 없다는 말과 달리 게걸스레 짜장면을 먹기 시작했다. 윤희가
자신의 짜장면을 보석에게 더 덜어 주었다. 보석이 신이 나서 말
했다.

"누나, 우리 아빠 비행사다?"

"정말?"

보석이 고개를 크게 끄덕였다.

"응."

옛날 애인　37

"좋겠다, 보석이. 이담에 비행기 타겠네. 누나도 태워 줄래?"

보석이 선심 쓰듯 말했다.

"그럼. 우린 친구잖아."

어느새 기분이 좋아진 보석이 다시금 젓가락을 들었다. 윤희가 얼른 냅킨을 집어 보석의 입가에 묻은 짜장면을 닦아 주었다.

보석이 큰 그릇을 싹싹 비우는 동안 윤희는 작은 그릇도 채 비우지 못하고 자리에서 일어섰다. 보석은 반 이상이나 남은 군만두가 아까워 신경이 쓰였다. 눈치를 챈 윤희가 주인에게 군만두를 싸 달라고 했다. 그러곤 군만두를 담은 봉지를 보석의 손에 쥐여 주었다.

윤희가 보석에게 손을 내밀었다. 보석이 군만두를 들지 않은 손으로 윤희의 손을 잡았다. 윤희의 손은 꼭 거북이 등껍질 같았다. 아가씨 손이 이게 뭐람. 이러니까 애인이 없지.

둘은 달동네 입구로 들어섰다. 달님이 따라왔다. 달님이 보석과 윤희가 걷는 길을 환하게 비춰 주었다.

"누나, 어린 왕자의 친구도 비행사였어."

"그랬구나?"

둘은 어느새 보석의 집 앞에 도착했다. 윤희가 보석의 손을 놓았다.

"잘 자."

보석은 아쉬운 표정을 지었다. 윤희 누나와 걸으니까 달동네를 걸어 올라오는 길도 전혀 지겹지 않았다.

"누나 집까지 바래다줄게."

"괜찮아."

"안 돼. 남자는 여자를 바래다주는 거야. 이건 기본이라고."

보석이 고집을 부리며 다시 윤희의 손을 잡았다. 그러고는 윗동네를 향해 걸어 올라갔다. 윤희가 물었다.

"힘들지?"

"아니. 근데 아직 멀었어?"

보석이 대답 끝에 하품을 했다.

"누나가 업어 줄까?"

"무거울걸?"

"걱정 마. 누나가 보석이 업을 힘도 없을까 봐?"

보석은 마지못한 척 윤희의 등에 업혔다.

아빠, 오늘은 옛날 애인을 소개할게요. 정윤희 누난데요. 낮엔 신발공장에, 밤엔 검정고시 학원에 다녀요. 근데 왕년의 배우랑 이름이 같다고 사람들이 놀려요. 못생긴 주제에 이름이 정윤희라고.

난 정윤희란 배우는 본 적이 없지만 누나가 훨씬 이쁠 거라고 생각해요.

못생긴 여자는 내 애인 대열에 끼지도 못하니까요.

하지만 누나랑 헤어지고 지금은 친구로 지내요.

왜냐고요? 전엔 우리랑 같은 집에 살았는데 이사를 갔으니까요.

글쎄, 방세를 세 달 치 밀렸다고 주인 할머니한테 쫓겨났지 뭐예요?

쌕쌕, 윤희의 귓전에 보석의 숨소리가 전해졌다. 윤희는 보석의 집으로 발걸음을 되돌렸다. 이 아이는 왜 이렇게 가벼울까. 중학생이 되었는데도. 혹시 굶고 다니는 건 아닐까. 왜 아빠가 비행사라고 말할까. 아빠가 없다고 들었는데.

근데 누나랑은 전보다 사이가 더 좋아진 거 있죠?

눈에서 멀어지면 마음도 멀어진단 말은 틀린 말인가 봐요.

힘들고 고단한 하루였다. 새까만 하늘에 점처럼 박힌 별 하나가 윤희의 마음을 흔들어 댔다. 윤희는 그 별을 샛별이라고 이름 붙였다. 보석처럼 빛나는 샛별이라고.

보석이 윤희의 등에 업힌 채 깊이 잠들었다. 군만두 봉지만은 손에 꼭 쥐고서.

카사노바

형욱, 진미, 애숙이 다가구주택 마당 평상에서 잘 익은 수박과 오징어를 안주 삼아 캔맥주를 마시고 있었다. 진미가 형광등을 갈아 준 형욱에게 고맙다며 한잔 사겠다고 해서 마련한 자리였다. 진미는 백화점 숙녀복 매장에서 일하는데 메이크업 아티스트가 꿈이라고 했다. 그래서인지 옷맵시와 화장하는 솜씨가 보통은 넘었다. 형욱이 너스레를 떨 때마다 진미가 까르르 웃어 댔다. 애숙은 아까부터 진미를 경계하는 눈빛이었다. 진미의 몸짓 하나하나에 온 신경을 곤두세웠다. 언제 어디서든 셋은 조화가 힘들다. 둘이 싸우고 하나가 말리게 된다. 둘이 친해지고 하나가 왕따가 되거나. 보석이 끼어들었다. 넷은 괜찮을 거다.

"근데 형, 무슨 영화 조감독 했어요?"

"말해도 모를걸. 엎어졌으니까."

"호호호. 영화가 무슨 밥그릇이에요? 엎어지게."

진미가 웃고 나서 호기심 어린 눈초리로 물었다.

"오빠, 영화배우 많이 봤겠네?"

"그럼요. 많이 봤죠."

"안성기도 봤어요?"

"당연하지."

"진짜? 강수연도?"

형욱이 고개를 끄덕였다.

"극장 화면으로 보는 게 예뻐요? 실물이 더 예뻐요?"

"둘 다 예뻐요."

"당연히 예쁘겠지. 배우니까."

"내 눈엔 진미 씨가 강수연보다 예쁜데? 배우 해도 되겠어요."

순간 애숙의 눈빛이 매 발톱처럼 사나워졌다. 보석이 애숙더러 강수연 같다고 했는데, 진미가 강수연보다 예쁘면, 결국 진미가 애숙보다 예쁘다는 소리 아닌가?

"나 그런 소리 많이 들어봤거든, 호호호. 이참에 배우 하게 나한 테 영화감독 좀 소개해 줘요. 혹시 알아요? 나도 강수연처럼 유명 해질지?"

"내 애인으로 캐스팅되는 건 어때요?"

"어머? 이 오빠, 되게 실없다. 누가 연애하재? 영화배우 시켜 달 랬지."

아까부터 대화에서 소외되어 있던 애숙이 자리에서 조용히 일어섰다.

"전 피곤해서 먼저 일어날게요."

애숙이 방으로 들어가자 형욱의 표정에 당황하는 기색이 스쳐 갔다. 보석은 형욱의 표정을 놓치지 않았다. 보석은 수박 한 쪽과 오징어 다리 하나를 냉큼 집은 채 애숙을 따라 자리에서 일어섰다.

방으로 들어온 보석이 지구본 앞에 앉았다. 애숙 누나 방에 따라 들어가 놀고 싶지만 오늘은 참는 게 낫겠다. 누나가 혼자 있고 싶은 눈치니까.

보석이 지구본을 돌렸다. 한 바퀴 돌리면 세계 일주 한 번, 두 바퀴 돌리면 세계 일주를 두 번 하는 거였다. 세계 일주를 마칠 때, 출발했던 곳으로 되돌아왔으면 좋겠다. 빙그르르 지구본이 돌아가다 멈췄다. 서울에서 출발했지만 멈춘 곳은 카이로였다. 보석은 연필을 들고 아빠에게 편지를 써 내려갔다.

오늘은 지구본으로 세계 일주 여행을 했어요. 서울에서 출발했지만 돌아올 땐 이곳을 지나쳐 버렸어요. 출발할 땐 다시 여기로 오겠다고 결심했는데, 아무리 결심해도 떠난 곳으로 되돌아오긴 힘들더라고요. 그래서 아빠에 대해 조금은 이해하게 되었어요.

아빠, 아무리 결심해도 돌아오기 힘든 곳에 계신 거죠?

그만큼 우린 멀리 떨어져 있는 거죠?

다가구주택의 마당에 새로운 아침이 찾아왔다. 아침을 맞은 사글셋방 동지들이 수돗가에 나와 또 하루치의 출근 전쟁을 치르기 시작했다. 아무리 동지라 해도 양보란 없었다. 특히 한 개뿐인 화장실 앞에서는. 아, 노인과 어린이에 대해선 예외였다. 주인 할머니가 용변이 급하단 표정을 지을 때면 사글셋방 동지들은 어김없이 양보해 주었다. 어린이가 단칸방 손님으로 찾아왔을 때도 마찬가지였다.

보석이 동지들 틈에서 세수를 하고, 진미가 머리를 감고, 애숙이 이를 닦았다. 진미가 애숙의 팔뚝에 샴푸 거품을 튀겼다.

"야!"

애숙은 급하게 입을 대충 헹구고 나서 진미에게 소리를 질렀다. 애숙의 목소리에 감정이 잔뜩 실려 있었다. 도대체가 저 여잔 이사 온 첫날부터 맘에 드는 구석이 하나도 없어. 화장하는 거며 옷 입는 거며. 한창 바쁜 아침 시간에 화장실에 들어갔다 하면 나올 생각을 않는 건 또 어떻고.

진미가 애숙을 빤히 보며 답했다.

"왜요?"

애숙이 자신의 팔뚝에 묻은 샴푸 거품을 가리켰다.

"이거 안 보여?"

"튀겼어요? 미안해요."

그러면서 진미는 미안해하기는커녕 고까운 표정을 지었다. 애숙은 더 불쾌해졌다.

"그게 다야?"

"그럼 또 뭐라 그래요? 죄송하다 그래요? 아침부터 괜히 생트집이야. 질투하나."

"지금 뭐라 그랬어?"

"혼잣말도 못 해? 그리고 왜 나한테 반말하는데?"

진미가 이번엔 의도적으로 애숙에게 샴푸 거품을 튀겼다. 애숙과 진미의 본격적인 거품 튀기기 전쟁이 시작되었다. 그야말로 출근 시간의 대전쟁이었다. 보다 못한 보석이 애숙과 진미에게 쪼르르 달려갔다.

"누나들, 싸우지 마!"

보석이 애숙과 진미 가운데 서서 둘을 떼어 놓기 시작했다. 진미가 와락 소리를 질렀다.

"쪼그만 게 왜 사사건건 끼어드니? 저리 안 가?"

진미가 보석을 밀어냈다. 순간 진미의 손에 묻은 거품이 싸움을 말리는 보석의 눈에 들어가 버렸다. 보석은 진미에게 대들며 동네가 떠나가라 외쳐 댔다.

"싸우지 말라고! 그깟 남자 하나 때문에 싸우지 말란 말이야!"

눈이 매워진 보석이 갑자기 흑, 울음을 터뜨렸다. 그제야 애숙과

카사노바 45

진미가 싸움을 멈췄다. 신혼부부 중 신부가 방에서 나오며 새침한 표정으로 말했다.

"아침부터 왜 이렇게 시끄럽지? 오늘 우리 신랑 늦게 출근하는데……."

이어 주인 할머니가 보청기를 끼고 나오면서 뒷북을 쳤다.

"우리 보석이 누가 울렸어, 엉?"

새벽녘에 들어와 잠이 든 엄마는 이 모든 소란 가운데 아직도 혼자만 한밤중이었다. 형욱은 자신의 방에서 나오지도 못하고 숨 죽인 채 문밖의 소동에 귀를 기울였다.

오늘 강수연과 소피 마르소가 나 때문에 싸웠어요.

내가 둘 사이에서 양다리를 걸쳤지 뭐예요. 그러니 화날 만도 하죠.

아빠도 카사노바예요? 그럼 잘 알겠네요. 카사노바는 사랑에 빠지지 않는다는 거.

나는 둘을 화해시키고 다신 싸우지 말라고 점잖게 타일렀어요. 나 때문에 벌어진 일이니 내가 책임을 져야죠. 당분간 연애는 사절이에요.

p.s. '아버지'라고 안 불러서 섭섭하세요? 우린 멀리 떨어져 있으니까 조금이라도 친해지려면 '아빠'라고 부르는 게 좋을

거 같은데. 혹시 '미스터 문'은 어떠세요?

　　다가구주택에 다시 찾아든 깊은 밤, 이불 위에 엎드린 보석이 아빠에게 편지를 써 내려갔다. 보석이 편지를 다 쓰고 나서 고이 접어 봉투에 넣고 풀을 붙였다. 새벽녘 들어온 엄마가 보석의 편지를 훔쳐볼까 걱정하면서.

카풀

하굣길, 보석이 달동네로 접어들었다. 그리고 양지가 기다리던 골목길 전봇대 앞에 멈춰 섰다. 보석이 혹시나 하는 마음에 사방을 두리번거렸다. 하지만 양지는 보이지 않았다.

그때 동네 거지 성배가 다가와 보석의 팔을 와락 붙잡았다. 보석은 마음속으로나마 양지를 찾았다는 사실을 들키기라도 한 것처럼 얼굴이 붉어졌다. 성배는 오랫동안 감지 못해 떡이 진 머리를 하고 두 줄기로 흘러내리는 콧물을 훌쩍였다. 그 와중에 헝겊으로 누빈 누더기 인형만은 꼭 껴안고 있었다.

보석이 성배에게 화를 냈다.

"뭐야, 너? 놀랐잖아!"

"보면 모라? 거지자나."

성배가 혀 짧은 소리를 내며 빈 깡통을 손가락으로 가리켰다.

"한 푼만 보태 주—."

보석이 기가 막힌 듯 성배를 바라보았다.

"야, 이 거지야. 구걸을 하려면 부자 동네로 가 봐."

귀가 번쩍 떠진 성배가 눈을 반짝이며 물었다.

"부우자 동네가 어딘는데?"

"그것도 몰라? 부자 동네에 있지."

성배가 이해 간다는 듯 고개를 끄덕였다.

"아하, 그러쿠나. 곰마워."

이어 고개를 갸우뚱하는 성배를 뒤로하고 보석이 발걸음을 재촉했다. 보석은 팔을 탈탈 털며 윤희가 사는 동네로 향했다. 낑낑대며 올라온 윤희의 방엔 자물쇠가 굳게 채워져 있었다. 보석은 실망한 얼굴로 윤희네 집 대문을 나섰다. 순간 양지가 다가왔다. 마치 보석이 오길 기다렸다는 듯.

"안녕? 나 찾아왔구나?"

"착각하지 마. 근처에 볼일이 있어서 왔어."

"우리 집 저기야."

양지가 손가락으로 녹이 슬 대로 슨 허름한 대문을 가리켰다.

"햇빛이라곤 전혀 안 드는 지하 셋방……."

양지가 우울한 표정으로 말끝을 흐렸다. 보석이 선심 쓰듯 말했다.

"우연히 만난 김에 한 가지 묻겠는데, 너랑 놀아 줄까?"

카풀 49

양지의 표정이 금세 밝아졌다. 그러곤 고개를 크게 끄덕였다.

"좋아. 그럼 우리 오늘부터 같은 편 하는 거지?"

"같은 편?"

"응. 같은 편이 된다는 건 서로를 인정하고 받아들인다는 뜻이 잖아. 그리고 으음……."

양지가 조금 더 생각하더니 말했다.

"뭐든 함께 하는 거지. 함께 있으면 기운도 두 배로 날걸?"

"그럼 앞으론 사탕 하나도 나눠 먹어야겠네? 같은 편 먹었으니 까."

양지가 픕 웃었다.

"그럴까?"

보석도 맞장구쳤다. 확실히 해 둔다는 의미에서.

"그러지 뭐."

보석은 갑자기 세상을 얻은 느낌이 들었다. 그동안 또래 중에선 내 편이 아무도 없는 줄 알았는데. 또래 한 명하고만 같은 편을 먹 었을 뿐인데 세상을 통째로 얻은 느낌이었다.

단칸방으로 돌아온 보석은 이불 위에 엎드려 아빠에게 편지를 써 내려갔다. 편지지 위를 연필 한 자루가 신나게 달려갔다. 연필 은 어느새 몽당연필이 되어 있었다.

세상을 살아가려면 자기편이 좀 더 필요해요. 그래야 힘들지 않게 버틸 수 있거든요.

오늘부터 정윤희 누나 다음으로 그 애를 내 편에 넣어 주기로 했어요.

스물도 안 된 데다 화장을 안 해서 볼품은 없지만, 내가 놀아 주지 않으면 앞으로 계속 귀찮게 할까 봐 걱정돼서요. 참, 그 애 이름은 양지예요. 컴컴한 지하 셋방에서 아빠랑 단둘이 살아요.

보석은 수업이 끝나자마자 교문 앞으로 달려가 양지를 기다렸다. 양지와 함께 집에 가기 위해 아까부터 교문 앞에 서 있는 것이다. 책이라도 읽으며 기다리고 싶었지만, 얼마 전 이동문고에서 빌린 책들은 이미 읽어 치운 지 오래였다. 새 책을 실은 이동문고가 보석의 동네를 방문하려면 며칠은 더 기다려야 했다.

양지가 삼삼오오 무리 지어 나오는 애들과 떨어진 채 교문을 향해 혼자 걸어왔다. 보석을 발견한 양지의 얼굴이 환해졌다.

"나 기다린 거야?"

양지의 질문에 보석이 변명하듯 답했다.

"누가 기다렸다는 거야? 진짜 엄마가 날 데리러 올까 봐 교문 앞에 서 있는 거야."

"그럼 지금 같이 사는 엄마는 가짜 엄마니?"

카풀 51

보석이 고개를 끄덕였다.

"아무래도 그런 것 같아. 나한테 신경을 안 쓰거든. 관심이 없나 봐."

양지가 시무룩한 표정을 지으며 말했다.

"실은 나도 교문을 나설 때마다 엄마를 찾아보곤 해. 날 데리러 와 줄 것 같아서……."

"이왕 이렇게 만난 거 집에 같이 갈래? 한동네잖아."

기분이 좋아진 양지가 큭 하고 웃었다.

"카풀이네? 근데 넌 학원 안 다녀?"

"그런 넌?"

"우리 집 보고도 그런 말이 나오니?"

양지의 표정이 다시 우울해졌다. 보석이 뭔가 골똘히 생각하더니 양지에게 제안했다.

"일요일에 사진 찍어 줄까?"

양지는 특유의 버릇인 양 고개를 크게 끄덕이는 것으로 보석에게 답했다.

소풍

보석과 양지가 태어나서 처음으로 목을 길게 빼고 기다린 일요일이었다. 일요일에도 보석의 엄마와 양지 아빠는 쉬는 법이 없었다. 둘 다 부지런한 부모 새들이건만 그리 많은 먹이를 물어 오진 못했다. 그러니 새끼 새들이 말라깽이일 수밖에.

양지는 날씨만큼이나 화창한 표정으로 달동네 마을버스 정류장에서 보석을 기다렸다. 이어 구닥다리 수동 카메라를 어깨에 멘 보석이 정류장에 도착했다. 둘은 사이좋게 마을버스에 올라탔다. 그러곤 일반 버스 정류장에서 내려 놀이공원으로 가는 버스를 기다렸다. 보석과 양지의 가슴이 뛰었다. 둘 다 장거리 나들이는 태어나 처음이었다. 게다가 친구와 함께인 경우는.

둘은 버스에 올라타 창밖으로 풍경을 내다보았다. 평소에 보아왔던 풍경과는 사뭇 느낌이 달랐다. 나무와 가로수와 상점들이 휙

획 지나갔다. 양지의 입가에 미소가 피어올랐다.

보석이 물었다.

"니네 아빠는 어디 갔어?"

아빠라는 말에 양지의 표정이 잠시 어두워졌다.

"돈 벌러. 니네 엄만?"

"돈 벌러."

"오늘도 공통점 하나 발견."

"뭔데?"

"일요일에도 혼자 지낸다는 점."

양지가 보석을 보며 큭 웃었다.

"있잖아, 난 세상에 태어나고 싶은 애들은 하느님 나라에서 저요, 저요, 하고 손 들라고 해서 미리 신청자를 받아야 한다고 생각해. 태어나고 싶은 애들만 태어나는 거지. 세상엔 태어나기 싫은 애들도 있으니까 말이야."

"넌 태어나고 싶었니?"

양지가 고개를 끄덕였다.

"아마도. 하지만 이 달동네에선 절대 아니야."

양지가 고개를 돌려 창밖을 바라보았다. 버스가 어느새 놀이공원 근처 정류장에 도착했다. 둘은 버스에서 내려 놀이공원을 향해 걸었다. 양지가 조심스레 말을 꺼냈다.

"보석아, 고백할 게 있는데 웃지 않는다고 약속해 줄래?"

"뭔데?"

설마 사랑 고백? 하긴 날 따라다닐 때부터 알아봤다니까.

"웃으면 안 된다?"

"알았어. 약속할게."

"나, 놀이공원 처음이야. 그래서 너무 떨리고 긴장돼."

"그래? 별거 없어. 그냥 나만 따라오면 돼."

"고마워. 웃지 않아 줘서."

보석은 하마터면 나도, 라고 말할 뻔했다. 보석 역시 놀이공원에 한 번도 와 본 일이 없었다. 놀이공원에 대해 하나도 기억나지 않으니까. 아니면, 아주 어렸을 때 와 본 것은 아닐까? 아무것도 기억할 수 없는 아주 어린 나이에 엄마랑 아빠랑 와 본 건?

보석이 앞장서서 놀이공원 입구를 향했다. 양지가 쫄래쫄래 뒤따라왔다. 사람들이 매표소 앞에 줄을 서 있었다. 이런, 입장료가 있는 줄은 몰랐는데.

보석이 놀이공원 입구에서 "학생 둘이요!" 소리치고는 안으로 당당하게 들어갔다. 양지가 불안한 표정으로 따라 들어갔다. 그때 표를 받던 직원이 두 사람을 막아서며 호통을 쳤다.

"뭐야, 너희들! 그냥 들어가면 어떡해?"

"그럼 어떻게 들어가는데요?"

"저기 매표소 안 보여! 표를 사 와야지."

보석과 양지가 놀이공원 밖으로 쫓겨났다. 보석은 애써 태연한

소풍 55

표정을 지으며 고개를 갸우뚱했다.

"이상하다. 전에 왔을 땐 공짜였는데……."

그러면서도 보석은 슬금슬금 양지의 눈치를 살폈다. 양지는 실
망하는 기색을 감추며 보석을 위로해 주었다.

"난 괜찮아. 너랑 여기까지 온 것만으로도 좋아."

"동화책을 보면 무조건 통과인데. 책은 뻥이야."

"맞아, 어른이 쓴 책은 다 뻥이야. 뻥!"

양지가 맞장구를 쳐 주었다. 한 아저씨가 놀이공원 입구 광장에
서 사탕을 팔고 있었다. 지팡이 사탕, 알사탕, 별사탕, 막대사탕 등
온갖 종류의 사탕들이 좌판 위에 색색이 올려져 있었다. 별사탕을
바라보며 양지는 생각했다. 왜 침이 꼴깍 넘어갈까. 중학생이, 그
것도 2학년이나 돼서. 국민학생처럼 사탕이 먹고 싶다고 하면 보
석이 흉보는 건 아닐까. 그러나 침이 꼴깍 넘어가기는 보석도 마찬
가지였다. 둘은 어린 시절 사탕도 제대로 못 먹어 보고 국민학교를
졸업해 버린 것이다. 별사탕도 알사탕도 그 흔한 솜사탕마저도.

양지의 속마음을 읽기라도 한 듯 보석이 아저씨 앞으로 조르르
다가가 별사탕 두 개를 샀다. 다행이었다. 별사탕은 사 줄 수 있어
서. 아이들이 엄마 아빠의 손을 잡고 놀이공원을 향해 종종걸음으
로 걸어가고 있었다. 부모들은 자동카메라로 아이들의 사진을 실
컷 찍어 댔다.

보석이 양지에게 별사탕 하나를 내밀었다. 양지가 별사탕을 받

아 들었다. 양지의 얼굴이 별사탕처럼 빛났다. 보석이 구닥다리 수동 카메라로 양지를 찍어 주었다. 양지가 한 손에 별사탕을 들고 다른 한 손으론 손가락으로 브이 자를 그려 보이며 환하게 웃었다.

보석과 양지가 놀이공원 주변에 있는 호수로 달려갔다. 호수 안에서 물오리들이 헤엄치고 있었다. 보석이 소리쳤다.

"와, 오리다!"

"새끼도 있어!"

양지는 신이 나서 새끼 오리를 자세히 보았다. 새끼 오리는 무리에서 떨어져 나와 홀로 헤엄치고 있었다. 양지의 표정이 조금은 시무룩해졌다.

"근데 미운 오리 새끼다."

찰칵! 보석이 새끼 오리도 찍어 주었다. 오늘 찍은 사진들을 양지에게 보여주진 못할 것이다. 돈이 없어 카메라 안에 필름을 넣어 오지 못했다는 걸, 그래서 사진을 찍는 시늉만 했다는 걸 양지에게 고백하지 못할 테니까.

놀이공원이 문을 닫을 때까지 보석과 양지는 공원 주변에서 신나게 놀았다. 어느새 석양이 공원에 내려앉았다. 그야말로 시간 가는 줄도 모르고 종일을 놀아 댔다. 이상하다. 양지랑 있으니까 시간이 빨리 지나간다. 가로수와 가게들이 획획 지나가던 창밖 풍경처럼.

소풍 57

아까 둘을 막아섰던 놀이공원 직원이 퇴근을 해 광장으로 나왔다. 직원은 아직도 공원 주변에서 얼쩡거리는 보석과 양지를 의심스러운 눈초리로 바라보고는 정류장을 향해 바삐 걸어갔다.

보석과 양지도 정류장을 향했다. 둘은 다시 일반 버스를 타고 마을버스로 갈아탔다. 둘은 가로수와 상점들을 지나 달동네에서 내렸다. 달동네 전봇대 앞을 지나자 보석의 집이 가까워졌다. 보석이 하품을 했다.

"우린 애인 사이가 아니니까 안 바래다줘도 되지?"

양지가 당연하다는 듯 답했다.

"그런 거 바라지도 않아. 나랑 놀아 준 걸로 충분해."

"그렇게 말하니까 꼭 거지 같아. 자존심도 안 상해?"

"안 상해. 자존심이 있어야 상하지. 내일도 카풀 할 거지?"

보석과 양지가 마침내 보석의 집 대문 앞에 도착했다. 보석은 마지못한 척 대답했다.

"그러지 뭐."

보석이 안으로 들어가려는 순간 양지가 보석을 다정하게 불러세웠다.

"보석아."

보석이 기대에 찬 표정으로 돌아보았다.

"왜?"

"넌 왜 나한테 누나라고 안 불러?"

보석이 발끈했다.

"뭐?"

"난 2학년이고 넌 1학년이잖아. 게다가 국민학교도 한 살 일찍 들어갔다며. 그러니까 내가 누나지."

순간 자존심이 상한 보석이 벌컥 신경질을 냈다.

"누나 소리 듣고 싶으면 딴 데 가서 알아보셔. 한 번 더 그딴 말 하면 다신 안 만나. 오늘 만난 것도 다 취소야. 취소!"

"피, 농담한 걸 갖고 뭘 그러니? 헤어지기 싫어서 그냥 말해 본 건데."

보석의 표정이 조금 누그러졌다.

"오늘 별사탕 사 줘서 고마워. 사진 찍어 준 것도……."

양지가 쑥스러운 표정을 지어 보였다. 양지의 태도에 보석의 마음이 사탕처럼 녹아 버렸다. 아울러 필름 값이 없어 가짜로 사진을 찍은 사실 때문에 양심도 찔렸다. 보석은 바로 화제를 돌렸다.

"내일 수업 끝나면 바로 튀어나오기다?"

"알았어. 들어가."

양지가 한 손을 보석에게 흔들어 보였다. 보석도 한 손을 들고 흔들어 주었다. 좀 낯간지럽지만 가슴속에 뭔가 뿌듯한 것이 차오르는 기분이 들었다.

보석은 방에 들어오자마자 급하게 저녁을 챙겨 먹고 곧바로 곯아떨어졌다. 너무 피곤해서 아빠한테 편지 쓰는 것도 생략했으니

소풍 59

까. 오늘 밤, 잠은 별사탕 맛이었다. 달님이 창문을 통해 보석의 방을 비추어 주었다.

보석의 꿈속에도 달님이 방문했다. 꿈에서 어린 시절로 돌아간 보석이 "달님, 안녕!"을 외쳐 댔다. 꿈속의 보석과 양지는 놀이공원에서 만나 밤새도록 신나게 놀이기구를 탔다. 밤하늘의 구름은 달님을 지나갔건만 보석은 자꾸만 "달님, 안녕!"을 외쳤다.

그 사람

　보석은 수업 시간 내내 양지와 집에 갈 생각에 들떠 저 혼자 실실 웃었다. 담임 선생님은 수업 도중 보석의 실없는 미소를 간간이 보긴 했지만, 이유를 캐묻진 않았다. 담임에게 있어 달동네의 흔한 학생 중 하나인 보석은 그다지 요주의 인물이 아니었다. 게다가 학생들이 지금껏 '미소'로 말썽을 불러일으키는 경우란 없었으니까.

　보석은 수업이 끝나자마자 교문 앞으로 쌩하니 달려가 양지를 기다리기 시작했다. 1학년 아이들이 삼삼오오 짝을 지어서 나오고 있었다. 이어 2학년 그리고 3학년 형과 누나들이 전부 나올 때까지 양지의 모습은 보이지 않았다. 전교생이 모두 하교할 때까지도 양지는 나오지 않았다. 저녁 어스름이 운동장에 내리깔릴 때까지도 양지의 모습은 찾을 수 없었다.

그 사람　61

보석은 하는 수 없이 발걸음을 옮겼다. 양지는 결석을 한 걸까? 아니면 아파서 조퇴라도 한 걸까? 그것도 아니면 혹시 그렇게 기다리던 엄마가 양지를 데리러 와서 따라간 건 아닐까? 자존심도 없이 말이야. 가뜩이나 자존심 없다고 노래를 부르고 다니잖아. 정말로 양지가 엄마를 따라나서지나 않았을까 하는 생각에 머리가 복잡해진 보석은 어느새 달동네로 들어섰다는 사실도 깨닫지 못했다.

전봇대 앞을 지나갈 때쯤 보석은 양지에 대한 원망이 울컥, 솟구쳤다. 바로 여기 서서 양지가 날 기다렸는데. 혹시 지금까지 전봇대에서 날 기다리다 들어가 버린 건 아닐까? 약속 장소를 여기로 착각한 거면 어쩌지?

갑자기 보석이 양지네 집을 향해 달리기 시작했다. 양지가 전에 가녀린 손가락으로 가리키던 집, 햇빛이 들지 않는 그 집을 향해.

보석은 한달음에 양지네 집 앞에 도착했다. 그러나 막상 안으로 들어가지는 못하고 열려 있는 대문 앞에서 서성거렸다. 그렇게 잠시 망설이다가 보석은 결심한 듯 안으로 들어섰다. 보석은 한 개의 수도꼭지가 있는 마당을 가로질러 지하 셋방 문 앞에 멈춰 섰다. 너희 집도 마당에 수도꼭지는 하나뿐이네. 보석은 지하 셋방 문 앞에 서서 조심스레 양지를 불렀다.

"양지야!"

안에선 대답이 없었다. 보석이 문을 두들겼다.

"양지야!"

안에선 여전히 대답이 없었다. 다시 한번 문을 두드리려는 순간 보석은 문고리에 자물통이 채워져 있는 걸 발견했다. 보석은 더 이상 문 두드리는 것을 포기하고 돌아섰다.

보석은 타박타박 집 근처 골목으로 들어섰다. 아이들이 남아 있지 않은 골목길에서 병우가 장난감 총을 가지고 혼자 놀고 있었다. 보석이 지나가자 병우가 먹이를 발견한 듯 목청을 높였다.

"야! 너 이게 얼마짜린 줄 알아?"

보석이 병우를 그냥 지나쳐 갔다.

"저게, 내 말 안 들려?"

보석은 계속 대답하지 않았다.

"야! 땅꼬마!"

보석은 여전히 반응을 보이지 않았다. 골목대장의 호출에 언제든 달려오는 졸개가 아니니까. 부아가 난 병우가 장난감 총을 보석에게 겨눴다.

"타다다다다다!"

사라져 가는 보석의 등에 대고 병우가 중얼거렸다.

"칫, 오랜만에 놀아 주려고 했는데⋯⋯."

보석이 대문 안으로 들어섰다. 동네 아줌마들이 다가구주택 마당에 득시글했다. 앞방의 새신부가 마당에서 아줌마들에게 파마

그 사람 63

를 해 주고 있었다. 미용학원을 갓 졸업한 신부는 미용실에서 보조미용사로 일하고 있었다. 그런데 마침 오늘이 쉬는 날이라 아줌마들에게 실비로 파마를 해 주고 있는 것이다. 파마약은 일반 미용실에서 쓰는 것과 같은 건데도 비용은 반값이니 아줌마들이 마다할 이유가 없었다. 솜씨야 좀 뒤떨어질 순 있겠지만 아줌마들에겐 저렴한 비용으로 파마를 한다는 게 중요했으니까.

롯드로 웨이브를 말고 머리에 수건을 뒤집어쓴 아줌마들이 수다 삼매경에 빠져 있었다. 이들의 수다는 신세타령, 남편과 시댁 식구 험담, 인기 드라마나 연예인 스캔들 이야기, 자식 걱정과 자랑, 종교, 부업, 취미활동 등 소재가 실로 다채롭고 무궁무진했다. 파마가 끝나면 아줌마들은 언제 그랬냐는 듯 말짱해진 얼굴로 일사불란하게 집으로 돌아갔다. 회사에서 귀가 간지러웠던 남편들이나 집 안에서 귀가 근질거렸던 시어머니들은 저녁에 별미 반찬을 기대해도 좋을 터였다.

마지막 손님은 파마에 염색까지 외상 단골인 주인 할머니였다. 신부는 꼬박꼬박 수첩에 주인 할머니의 외상값을 기록해 놓고 있지만 눈앞에 대고 돈을 달라고 하진 못했다.

보석은 방에 들어가는 대신 여인들의 수다 한가운데 퍼질러 앉아 이들이 파마하는 모습을 구경했다. 여기 앉아 구경하면서 양지에 대한 생각을 잠시 잊는 게 나을 것 같기도 했다. 지금 보석의 머릿속은 온통 양지 생각으로 꽉 차 있으니 말이다.

애숙 역시 아줌마들 틈에서 파마를 하고 있었다. 보석은 아줌마들 수다에 끼어들지 못하고 있는 애숙에게 '단어 연상 놀이'를 제안했다. 단어 연상 놀이는 앞사람이 단어를 내놓으면 다음 사람이 떠오르는 단어를 대는 놀이였다. 10초 내로 단어를 대지 못하면 지는 거고, 지는 사람은 벌칙을 받았다. 벌칙은 그때마다 달랐다. 오늘은 이마에 알밤 맞기였다.

보석이 지구본을 떠올리며 먼저 "세계지도"라고 말했다. 그러자 애숙이 단박에 "오줌"이라고 말하곤 작게 "5학년"을 덧붙이며 깔깔 웃었다. 애숙은 보석이 5학년 때 딱 한 번 이불에 지도를 그린 걸 아직도 기억하고 있었다. 딱 한 번이었는데 5학년 때까지 오줌 싼 아이로 기억되는 건 좀 억울했다. 더구나 세계지도까진 아니었는데.

보석의 얼굴이 붉으락푸르락해졌다. 이 마당에서 오줌 이야기를 꺼내다니. 야비하다. 그나마 다행인 건 아줌마들이 수다 떠는 데 정신이 팔려 누구도 눈치채지 못했다는 것이었다. 10초가 지나고 있었다. 애숙의 표정이 기세등등해져 갔다. 질 순 없었다. 오줌은 노랗다. 보석이 소리치듯 말했다.

"노랑!"

"개나리."

"진달래."

"분홍."

"연지."

"곤지."

"양지!"

이크, 실수했다. 이렇게 곧바로 보석의 입에서 양지가 튀어나오다니. 그렇다고 무를 순 없었다. 티를 내면 보석에게 여자 친구가 생겼다는 걸 애숙이 눈치챌지도 몰랐다. 양지가 여자 친구 이름이란 걸 들킬지도. 여자들은 나이를 먹어도 질투심이 강하니까. '자존심 빼면 시체'인 애숙 누나에게 여자 문제로 자존심 상하게 하고 싶진 않았다. 사실 양지는 아직 보석에게 비밀스러운 존재였다. 남에게 섣불리 알리고 싶지도 않았다. 그러니 가슴 한구석에 꽁꽁 감춰 두어야 했다.

"'지' 자 돌림 말이라 이거지? 좋아, 으음…….."

다행이었다. 들키진 않았다. 애숙이 시간을 끌었다. 보석이 10초를 세기 시작했다.

"10, 9, 8, 7, 6…….."

애숙이 눈을 반짝이며 소리쳤다.

"음지!"

보석은 갑자기 울컥해졌다. 햇빛이 조금도 들지 않는 곳이라며 자신의 집을 소개했던 양지. 양지는 음지에 산다. 양지는 음지에……. 10초가 흘렀다. 보석은 다음 단어를 대지 못했다. 애숙이 손가락을 호, 불며 보석의 이마에 알밤 먹일 준비를 했다.

수업을 마치자마자 쌩하고 튀어나온 보석이 다시금 교문 앞에
서 양지를 기다리기 시작했다. 양지에게 2학년 몇 반인지를 미리
물어볼 걸 그랬나 보다. 그랬다면 교실로 찾아갔을 텐데. 교실 앞
에서 기다리는 게 아무래도 더 확실하니까 말이다. 아무튼 골치
아픈 계집애라니까. 보석이 속으로 투덜대는 동안 저만치에서 아
이들과 떨어져 혼자 나오는 양지가 보였다. 막상 양지를 보자 보
석은 반가움 대신 원망스러움이 앞섰다. 양지가 교문 앞에 서 있
는 보석을 발견하고 환하게 웃으며 다가왔다.

"보석아!"

보석이 다짜고짜 화를 냈다.

"어제 결석하고 어디 갔었어? 얼마나 기다린 줄 알아?"

보석의 말이 끝나기가 무섭게 양지의 배에서 꼬르륵, 소리가 났
다. 얼굴이 빨개진 양지가 개미 같은 목소리로 말했다.

"어제부터 아무것도 못 먹었어."

"뭐? 지금까지?"

이제 보석은 양지에 대한 원망 대신 걱정부터 앞섰다.

"응."

양지가 부끄러운 듯 고개를 숙였다. 줄넘기 소녀 소정이 지나가
면서 보석과 양지를 놀렸다.

"얼레리꼴레리, 연애한대요. 1학년하고 2학년하고."

소정이 보석을 돌아보며 혀를 메롱, 했다.

"저게."

보석이 소정의 뒤통수를 노려봤다. 그러나 연애라는 말엔 보석의 가슴이 뛰었다.

보석은 양지를 이끌고 학교 앞의 한 분식점으로 들어갔다. 보석은 주머니를 탈탈 털어 양지에게 떡볶이를 사 주었다. 양지는 식은땀을 흘려 가며 벌겋고 뜨거운 떡볶이를 먹었다. 배고프단 말과는 달리 속도가 느렸다. 양지가 포크를 내려놓았다. 떡볶이가 절반 이상이나 남았지만 양지는 더 이상 먹지 못했다.

"이제 들어가 봐야 해."

"벌써?"

양지가 마지못한 듯 고개를 끄덕였다.

"그 사람 오기 전에 저녁 해 놔야 하거든."

"그 사람? 니네 아빠 말이야?"

양지가 단호하게 고개를 저었다.

"아니. 아빠라고 부르지 마."

양지가 물컵을 집어 들고 한 모금을 마셨다. 물컵을 쥔 양지의 손끝이 가늘게 떨렸다.

"너 어제 집에 있었지? 밖에서 내가 부르는 소리 다 들었지? 응?"

양지가 망설이다 대답했다.

"일요일에 집에 늦게 온 걸 그 사람이 알아 버렸어. 그래서 밖에서 자물쇠로 잠가 놓고 일하러 간 거야."

"그 사람이 널 가뒀단 말이야?"

"내가 걱정돼서 그런 거야. 늦게 다닐까 봐."

양지가 자신의 대답에 자신 없는 듯 고개를 숙였다.

우리들의 양지

종례 시간에 담임 선생님이 분필을 들고 칠판에 글씨를 써 내려 갔다. 아이들은 그새를 못 참고 장난을 쳤다. 옆 친구들에게 쪽지를 던지고, 씹던 껌을 책상 밑에 붙이거나, 책상 위에 다섯 손가락을 편 뒤 연필을 거꾸로 세워 손가락 사이를 왔다 갔다 통과하는 놀이를 했다. 보석은 아이들의 놀이를 바라보았다. 재밌냐? 심지어 담임의 뒷모습에 키스를 날리며 껴안는 시늉을 하는 애도 있었다. 보석은 그 애를 노려봤다. 유치하긴.

등 뒤의 수상한 낌새를 눈치챈 담임이 필기 도중 고개를 확 돌릴라치면 그 애는 서 있던 자세를 그대로 유지한 채 "차렷, 경례!"를 외쳐 댔다. 그야말로 학기 초와는 완전 다른 분위기였다. 세상에서 가장 적응이 빠른 교실, 제일 빨리 시끄러워지는 난장판 교실을 뽑는 대회가 있다면 아마 중학교 1학년 2학기 교실이 1등을 차지할 것이다.

대상 : 상장 및 부상(고급 손목시계)
2등 : 상장 및 부상(책가방)
3등 : 상장 및 부상(학용품)

담임이 글씨를 다 적고 나서 칠판 밑에 분필을 내려놓았다.
"이번에 열리는 백일장 형식은 시, 소설, 수필이야. 뭐라고?"
"시, 소설……."
세 단어도 못 외우는 아이들을 담임이 못마땅하다는 듯 바라봤
다. 한꺼번에 세 단어를 못 외우는 것이 아니라 담임의 말을 채 두
마디도 집중해서 듣지 않는 거였다. 담임이 강조하듯 한 단어를
더 말했다.
"수필!"
"시, 소설, 수필이요."
"그래. 이 중에서 자기가 쓰고 싶은 형식 하나를 택하면 돼. 대상
은 시장님께서 직접 시상하실 거야."
보석은 관심 없다는 듯 아까부터 다리를 떠는 장난만 치고 있었
다. 가방을 단단히 메고 뛰쳐나갈 만반의 준비를 하고서. 담임이
그런 보석을 보며 히스테릭하게 소리를 질렀다.
"문. 보. 석!"

우리들의 양지 71

"넷!"

"또 선생님 말 안 듣지? 화장실 청소할래?"

"아니요."

"조심해!"

"네!"

"반장!"

담임의 호출에 반장이 벌떡 일어섰다.

"차렷! 경례!"

아이들이 담임에게 경례했다. 보석은 인사를 하자마자 부리나케 교실을 뛰쳐나갔다.

보석이 교문을 향해 냅다 달리기 시작했다. 교문을 빠져나가자마자 더욱 빠른 속도로 달렸다. 보석은 달리기 선수처럼 옆 동네 놀이터에 금세 도착했다. 양지와 괜한 소문이 돌까 봐 오늘부터 약속 장소를 바꾸기로 했다. 그런데 양지가 벌써 와서 기다리고 있었다. 양지가 보석을 보자 예의 그 환한 미소를 내보였다. 보석이 양지에게 다가갔다. 겨울도 아닌데 양지의 볼은 새빨개져 있었다. 양지가 양손을 비비며 물었다.

"우리 여기서 만나는 거 맞지?"

"붕신. 그것도 모르고 기다렸어?"

양지가 안도의 한숨을 내쉬었다.

"휴, 살았다. 하도 안 와서 여기가 아닌 줄 알았네."

72

보석이 자신의 손목시계를 내려다보았다. 중학교 입학 기념으로 엄마가 사 준 시계였다.

"왜 이렇게 빨리 왔어?"

"몇 시인지 몰라서. 집에 있는 시계가 망가졌거든. 저번에도 나 때문에 기다렸는데 오늘도 기다리게 하면 안 될 거 같아서……."

양지가 말끝을 흐렸다. 얼마나 먼저 와서 기다린 것일까. 볼이 저렇게 새빨개질 때까지. 정말 미련하다니까. 보석이 양지에게 손을 내밀었다. 어디 데려갈 곳이라도 있다는 표정이었다. 양지가 보석의 손을 잡았다. 둘은 놀이터 밖을 향해 달리기 시작했다. 이제 놀이터에서 놀 나이는 지났으니까. 둘은 그렇게 얼마 동안을 달렸다.

놀이터를 지나자 둘 앞에 낮은 산이 펼쳐졌다. 둘은 여전히 손을 맞잡고 달렸다. 보석은 한 창고 앞에 멈추어 섰다. 창고의 녹슨 철문엔 커다란 자물통이 채워져 있었다. 얼마 전 양지네 방문에 채워져 있었던 자물통과 비슷했다. 보석이 벽에 덕지덕지 세워져 있는 판자를 치우자 개구멍이 나타났다. 보석이 개구멍 안으로 들어가며 양지에게 들어오라고 손짓했다. 양지가 보석을 따라 들어갔다. 둘 다 몸집이 작아 단번에 쏙쏙 들어갈 수 있었다.

창고 안엔 말라비틀어진 대걸레와 빈 양동이가 놓여 있었다. 거미줄이 여러 겹 쳐진 것으로 보아 오래전에 폐쇄된 창고인 듯했다. 양지가 천장 근처에 난 작은 창문을 바라봤다.

우리들의 양지 73

"여기 너무 좋다. 햇빛도 들어와."

양지가 팔딱팔딱 뛰며 햇살이 들어오는 자리로 가 섰다.

"넌 참 대단한 애야. 어떻게 여길 알아냈니?"

보석이 대답 대신 어깨를 으쓱하며 햇살이 더 많이 들어오는 곳
으로 양지를 이끌었다.

"여기가 양지야. 네 이름이랑 똑같다."

보석이 잠시 곰곰이 생각하더니 말했다.

"여기를 '우리들의 양지'로 부를까?"

"우리들의 양지? 멋지다!"

보석이 다시 한번 어깨를 으쓱했다.

"이제부터 학교 끝나면 여기로 와. 다른 때도 보고 싶으면 서로
대문 앞에서 야옹 소리 세 번씩 하는 거다. 알았지?"

양지가 고개를 끄덕이며 물었다.

"야옹, 야옹, 야옹, 이렇게?"

"응."

"우리들의 양지로?"

양지가 또다시 물었다. 우리들의 양지란 말을 계속 하고 싶어서.

양지와 헤어져 집으로 들어서면서 보석은 마당에 놓인 공용 세
간들을 꼼꼼히 살펴보기 시작했다. 마당에 있다고 해서 모두 공
용재산이란 건 아니지만 어쨌거나 밖으로 빼돌리긴 쉬울 것 같았

다. 보석은 머릿속에 '우리들의 양지'로 가져갈 세간들의 목록을 저장했다. 방으로 들어와서도 마찬가지로 '우리들의 양지'로 가져갈 물건들을 살펴봤다. 한꺼번에 빼돌리면 티가 날 테니 날마다 하나씩, 눈에 띄지 않게 슬금슬금 빼돌릴 작정이었다.

보석은 평소처럼 혼자 대충 저녁을 차려 먹고 앉은뱅이책상에 앉았다. 오늘은 편지지 대신 원고지였다. 보석은 연필을 들고 원고지에 무언가를 열심히 써 내려갔다. 한참을 원고지와 씨름하고 나서 보석은 잠자리에 들었다. 어서 내일이 왔으면 좋겠다. 자고 일어나면 내일이 성큼 다가와서 '우리들의 양지'로 달려갔으면 좋겠다. 그래서 양지를 만났으면.

보석이 막 잠들려는 순간 엄마가 파스 냄새를 풍기며 살금살금 방으로 들어왔다. 웬일인지 보석의 머리맡에 화장품 뚜껑은 보이지 않았다. 엄마가 불도 안 켠 채 화장대에서 세안용 크림을 찾아 뚜껑을 열었다. 그러곤 세안용 크림을 듬뿍 묻혀 화장을 지우기 시작했다. 쓱싹쓱싹 어둠 속에서 노련하게.

보석이 잠결에 게슴츠레 눈을 뜨며 물었다.

"나, 시계 사 주면 안 돼?"

"있는데 뭐 하러 사? 돈이 남아도는 줄 알아?"

보석이 돌아누우며 눈을 스르르 감았다. 그렇다고 저렇게 쌀쌀맞게 말할 필요는 없지 않은가. 내일부턴 더 열심히 원고지와 씨름해야겠다.

우리들의 양지 75

하교 후 보석은 '우리들의 양지'에 먼저 도착했다. 보석은 우선 집에서 훔쳐 온 방석을 창문 아래 햇살이 가장 잘 드는 자리에 갖다 놓았다. 앞으로 날씨가 점점 추워질 텐데 양지가 여기서 감기라도 걸리면 곤란하니까.

곧이어 개구멍이 스르륵 열렸다. 양지가 개구멍을 통해 '우리들의 양지' 안으로 들어섰다. 보석이 왕자처럼 두 팔을 정중하게 벌리며 양지에게 방석에 앉으라는 시늉을 했다. 양지는 태어나서 누군가에게 이런 대접을 받아 본 적이 처음이었다. 마치 공주가 된 기분이었다. 양지가 큭 웃으며 공주처럼 무릎을 구부려 인사를 하곤 방석 위에 앉았다. 보석이 양지에게 원고지를 내밀었다. 보석의 손이 조금 떨렸다. 말하자면 양지는 보석이 간밤에 씨름한 생애 첫 소설의 첫 독자였다.

양지가 원고지를 한 장 한 장 넘길 때마다 보석은 조마조마한 표정으로 양지의 눈치를 살폈다. 어째 소설을 쓸 때보다 더 초조한 느낌이었다. 차라리 잠시 개구멍 밖으로 나갔다 올까 망설이는 순간, 양지가 원고지의 마지막 장을 덮었다. 보석이 기대에 차서 물었다.

"어때?"

"이건 일기지 소설이 아냐. 좀 더 문학적인 표현을 써 봐. 그리고 무조건 '습니다'로 끝내는 게 어땠어? 그냥 '다'로 끝나는 게 나

아. 너무 겸손해도 없어 보인다고.”

보석의 표정이 와락 구겨졌다. 보석은 양지의 손에 들린 원고지를 확 뺏어 버렸다.

“이건 편지 형식의 소설이란 말이야. 무식하긴.”

달동네 단칸방으로 돌아온 보석은 앉은뱅이책상 앞에 앉았다. 그러곤 아빠에게 편지를 써 내려갔다.

아빠, 요즘 좀 바빴어요. 학교 갔다 오면 혼자 밥도 차려 먹어야 하고, 소설도 써야 하고, 양지하고도 놀아야 하니까요. 시간 나는 대로 또 편지할게요.

***

평일 오후였다. 다가구주택의 마당이 평소보다 분주했다. 형욱이 이사 비용을 절약하려고 일부러 평일을 택해서 이사를 가는 중이었다. 이사업체 트럭은 여전히 이 비좁은 골목까지 올라오지 못하고 아랫동네 골목의 초입에서 형욱의 이삿짐이 내려오길 기다리고 있었다. 형욱의 짐은 단출했다. 이사 올 때 그랬던 것처럼 나갈 때도 마찬가지로 늘어난 짐은 별로 없었다. 아직 퇴근 전인 애숙과 진미는 형욱이 이 시간에 이사를 간다는 사실을 모르는 듯했다.

우리들의 양지 77

형욱이 주인 할머니에게 인사했다.

"안녕히 계세요. 건강하시구요."

"그려. 정들자 이별이네? 가끔 놀러 와."

주인 할머니가 마음에도 없는 소리를 했다. "정들자 이별이네"
는 주인 할머니의 십팔번이었다. 주인 할머니는 이 집에서 사글세
를 받아먹고 산 지 30년이 넘었지만, 그동안 여기서 살다 이사 간
사람 중에 놀러 온 사람은 아무도 없었다. 사실 진짜 놀러 온다고
해도 주인 할머니가 반갑게 맞아 줄지는 의문이었다. 월세가 밀려
쫓겨 나가는 마당에는 더욱 그랬다.

"네."

형욱 역시 지키지 못할 대답을 하며 대문을 나섰다. 순간, 막 하
교해서 들어서는 보석과 마주쳤다. 형욱이 보석에게 손을 내밀었
다. 보석은 하는 수 없이 형욱의 손을 잡았다. 적과 악수를 하긴 싫
지만 마지막이니까 봐준다는 차원에서.

"잘 지내라."

"안녕히 가세요."

보석이 손을 뺐다. 형욱의 손에서 온기가 전해졌다. 생각보다 그
리 나쁘진 않았다.

"보석아."

형욱은 대문 안으로 들어가려는 보석을 불러 세웠다.

"네?"

78

"이담에 여자들 울리지 마라. 여자들 때문에 울지도 말고. 그게 진짜 남자다. 알았지?"

형욱이 씩 웃었다. 어쩨 미소가 서글퍼 보였다. 네, 하는 보석의 대답을 듣기도 전에 형욱이 뒷모습을 보이며 돌아서 갔다.

보석은 생각했다. 형욱이 이 집에서 지내는 동안 잘 지낼 수도 있었다고. 카사노바 동지끼리 말이다. 여관으로 치자면 보석과 엄마는 장기 투숙객에 속했다. 아주 어릴 때부터 보석은 이사를 나가는 사글셋방 동지들에게 뜻도 모르면서 주인 할머니처럼 인사를 하곤 했다. "정들자 이별이네요?"

이젠 주인 할머니의 십팔번이 조금은 이해가 갈 것도 같았다.

달동네에서 형욱의 연애는 애숙에서 시작되어 진미로 끝이 났다. 양다리는 아니었기에 카사노바도 아니었다. 그러나 세 사람 다 울었다. 애숙은 형욱 때문에 울고, 형욱은 진미 때문에 울고, 진미는 자신 때문에 울었다.

형욱은 그간 준비하던 영화가 또 엎어져서 보수도 제대로 못 받고 당장 갈 데가 없는 처지가 됐다. 진미는 형욱을 좋아했으나 그의 직업은 맘에 들지 않았다. 미래가 불안해 보였다. 그 이유로 퇴짜를 놓긴 했어도 좋아하는 마음까지 엎어진 건 아니었다. 그래서 울었다. 형욱보다 자신이 야속해서. 이럴 줄 알았으면 형욱과 영화 〈접시꽃 당신〉을 보러 가지 말 걸 그랬나 보다. 슬픈 영화를 볼 때마다 그가 생각날 것 같았다.

우리들의 양지 79

형욱은 영화일을 하려고 서울로 올라왔는데 영화는 계속 엎어지고 연애에도 실패했다. 게다가 월급쟁이가 아니어서 월세까지 밀리게 됐고 그 바람에 셋방에서 쫓겨나게 된 것이다.

형욱은 고향으로 돌아가면 이곳에서의 경험을 바탕으로 시나리오를 써 보자고 마음먹었다. 그 시나리오로 세상의 인정을 받았으면 좋겠다. 그러면 자신을 차 버린 진미가 후회하게 되겠지. 애써 그렇게 생각하니 조금은 위로가 되었다.

보석은 엄마가 출근하기를 기다렸다가 '우리들의 양지'로 달려갔다. 양지는 퇴근한 아버지가 곯아떨어지자마자 그곳으로 달려왔다.

보석이 양지에게 새로 고친 소설을 내밀었다. 양지가 원고지를 받아 들고 읽기 시작했다. 보석은 또다시 초조한 마음이 되어 양지의 표정을 살폈다. 뭐 저렇게 표정이 거만하냐. 인상 좀 펴고 읽으면 어디 덧나나.

잠시 후 양지가 원고지를 덮으며 혼잣말듯 말했다.

"이게 소설이니? 동화니? 소설이라면서 꼭 동화 같잖아."

보석이 변명하듯 답했다.

"난 반 애들보다 한 살 어리잖아. 동화책을 많이 읽는다고. 그러니까 동화처럼 쓰는 건 당연하지. 안 그래?"

"넌 필요할 때만 어리다고 그러네. 누나란 말은 한 번도 안 하면서.”

“그럼 어쩌란 말이야. 난 이번 백일장에서 꼭 시계를 타야 해. 넌 툭하면 약속을 안 지키잖아. 시계가 망가졌단 핑계나 대고…….”

***

형욱의 방은 비워지기가 무섭게 새 주인을 맞았다. 달동네의 사글셋방은 단 하루도 비어 있는 법이 없었다. 밀물과 썰물처럼 때맞춰 들어오고 때가 되면 정확하게 나갔다.

사글셋방의 새 동지는 도장을 파는 사내였다. 사글셋방은 사내의 일터이기도 했다. 사내는 도장 가게를 차릴 돈이 없어 방에서 도장을 파서 도장 가게에 납품하는 일을 하고 있었다. 소문에 의하면 서울에서 대학을 다녔다는데, 말끝마다 “문디 자슥” 혹은 “문디 가스나” 타령을 하는 걸 보면 고향이 어딘지 좀 헷갈렸다.

보석은 이사 온 첫날부터 사내를 점찍었다. 도장을 파느라 하루 종일 방에 틀어박혀 있어서 언제든 보석의 출입이 가능하기 때문이었다. 남자인 탓에 애숙 누나의 대타로 좀 아쉽긴 해도 찬밥 더운밥 가릴 처지가 아니었다.

사내는 대낮에 백열전구를 켜고 그 불빛도 모자라 스탠드도 켜고 눈에 불까지 켜고 일했다. 아무래도 깨알같이 작은 글씨의 도장을 파려면 많은 조명이 필요하니까. 조명의 열기가 부담스러운

지 사내는 쌀쌀한 날에도 방문을 열어 놓고 도장을 팠다. 이사 온 첫날부터 지금껏 사내는 책상에 앉아 계속 도장만 파는 중이었다.

애숙이 초저녁부터 진미와 외출한 탓에 보석은 도장 파는 사내의 방문 앞에서 서성였다. 보석에게 있어 여자들이란 늘 종잡을 수 없는 존재였다. 팔뚝에 비누 거품을 튀겨 가며 싸울 땐 언제고 같이 나가다니. 더욱 이해할 수 없는 건 둘이 팔짱까지 끼고 나갔다는 것이다. 보석은 사내의 십팔번을 중얼거려 보았다.

"문디 가스나들."

보석은 노크도 없이 사내의 방으로 들어섰다. 방문이 열려 있으니 노크가 필요 없었다. "들어가서 도장 찍어도 돼요?" 이 한마디면 되었다. 보석은 혼자 도장 찍기 놀이를 한 뒤 '우리들의 양지'로 건너갈 생각이었다. 인감도장, 막도장, 한글 도장, 한문 도장 등 온갖 도장에 인주를 묻혀 종이에 팡 팡 팡 찍고 있노라면 시간이 어떻게 지나가는 줄 몰랐다. 도장 찍기 놀이는 유아기 때나 하는 놀이라고 하면 보석은 할 말이 있다. 유아기 때 도장 찍기 놀이를 실컷 못 해 봐서 그렇다고.

보석은 오늘 드디어 소설 마지막 문장의 마침표를 찍었다. 그런데 양지와 약속한 시간은 세 시간이나 남아 있었다. 좁아터진 방에서 혼자 지구본을 돌리며 양지와 만날 시간을 기다리느니 도장이나 찍다가 가는 게 더 나을 것 같았다.

보석이 말없이 한문 도장 하나를 집어 들자 사내가 인주와 종이를 내밀었다. 보석이 한문 도장에 인주를 묻혀 종이 위에 팡! 찍었다. 빨간색 한문 네 글자가 종이 위에 선명하게 찍혔다. 사내가 종이 위에 찍힌 한자를 바라보며 물었다.

"너, 이게 무슨 글자인지 아니?"

"몰라요."

"장성 박, 어질 인, 뿌리 근, 박인근."

사내는 보석에게 한문을 가르쳐 주었다.

"읽어 보렴."

"장성 박, 어질 인……."

보석이 머리를 갸우뚱했다. 아, 왜 세 단어를 한꺼번에 가르쳐 주는 거냐. 어른들은 다 똑같나 봐. 한꺼번에 너무 많은 걸 가르치려 든다니까.

"뿌리 근. 사람은 뿌리가 어질어야 한단다. 가지보다 말이야. 그래야 진짜 어진 거지. 따라 해 볼래? 뿌리 근."

여기다 서당 차렸나. 안 그래도 이따 양지한테 잔소리 들을 생각에 머리 복잡한데.

"뿌리 근. 박인근."

"이게 박인근 씨 인감도장이란다. 이름 뒤에 '인' 자가 또 붙어 있지? 이게 도장 인 자야. 그러니까 박인근 씨의 도장이란 뜻이지."

"아하."

"이 양반 이름 참 근사하다. 그치?"

"네."

보석이 건성으로 대답했다. 사내가 덧붙였다.

"우리 아버지 이름이란다."

"아, 네."

우리 아버지도 이름 있어요. 우리 아빠 이름은……. 보석은 다른 도장을 집어 들었다. 그러곤 종이 위에 도장을 팡 팡 팡 찍었다. 도장 한 개를 찍을 때마다 한 시간씩 흘렀으면 좋겠다. 그러면 '우리들의 양지'에 갈 시간이 성큼 다가올 텐데.

"보석아, 너도 도장 하나 파 줄까? 한자가 어떻게 되니?"

"몰라요."

"엄마 오시면 여쭤 봐."

"엄마도 잘 모를걸요?"

"문디 자슥."

사내가 피식 웃었다. 사내는 지금 보석의 정신이 딴 데 가 있다는 걸 알고 있었다. 보석은 종이 위에 열 개가량의 도장을 더 찍고 나서야 사내의 방을 나섰다. 보석은 막 대문으로 들어서는 애숙과 진미와 마주쳤다. 이번엔 팔짱이 아니라 아예 서로에게 온몸을 기대는 사이가 되어 들어왔다. 하하 호호, 하는 웃음소리도 마구 뒤섞여서.

정말이지 여자들 속은 알다가도 모르겠다니까. 아니, 그런데 이

84

게 무슨 냄새지? 술 냄새 아니야?

취한 애숙이 더 취한 진미를 방에 눕혀 놓고 손바닥만 한 부엌에서 북엇국을 끓이기 시작했다. 참기름에 북어를 달달 볶는 고소한 냄새가 보석의 코를 자극했다. 보석은 갑자기 배가 고파 왔다. 저건 대충이 아니니까. 엄마가 미역국을 끓일 때처럼 대충이 아니란 말이다. 보석이 애숙에게 다가갔다.

"누나, 술 마셨지? 무슨 일 있어?"

"으응. 그래서 북엇국 끓이잖아. 술 깨려고."

"취하려고 마셨는데 왜 깨려는 거야?"

"얘가 뭘 모르네. 그래야 또 마시지!"

"난 술 안 마셔서 깰 필요도 없는데 북엇국 먹어도 돼?"

애숙이 호호 웃었다.

"아무러면 우리 애인인데 안 줄까 봐?"

덕분에 보석은 진미와 함께 애숙에게 북엇국을 얻어먹었다. 진미가 북엇국 한 수저를 뜨면서 맛있다며 흑, 눈물을 흘렸다. 맛있다면서 울 건 뭐람. 그러자 이번엔 애숙의 눈물이 터졌다. 북엇국을 앞에 놓고 두 여자가 울고 있었다. 아까는 같이 웃더니만 이젠 같이 울고 있었다. 그 정도로 친한 사이가 된 건가? 보석은 앞으로도 여자들의 세계를 이해하기가 점점 힘들어지겠단 느낌이 들었다.

드디어 양지와의 약속 시간이었다. 보석은 원고지를 챙겨 '우리

우리들의 양지 85

들의 양지'를 향해 뛰어갔다. 가슴도 덩달아 뛰었다.

보석은 헐레벌떡 개구멍 안으로 들어서서 방석 위에 원고지를 고이 올려놓았다. 그리고 흥분을 가라앉히며 양지를 기다렸다. 양지는 오지 않았다. 마음의 시간은 벌써 열 개의 도장을 찍었건만 개구멍 밖에선 아무 인기척도 없었다. 무슨 일이 있는 건가. 그 사람이 또 자물통으로 방문을 잠그고 나가 버렸나. 초조해진 보석은 자리에서 일어나 개구멍을 통해 밖으로 나갔다. 오늘은 무슨 일이 있어도 양지를 꼭 만나야 했다.

'우리들의 양지'를 나선 보석이 다시 헐레벌떡 양지네 집을 향해 달려갔다. 이럴 줄 알았으면 양지네 집부터 들러서 같이 올 걸 그랬다. 까짓거 사귄다는 소문 좀 나면 어때서. 어느새 양지네 대문 앞에 도착한 보석이 입가에 동그랗게 두 손을 모았다.

"야옹, 야옹, 야옹."

안에선 대답이 없었다. 진짜 고양이 소리로 알아들은 건 아닐 테지. 보석이 다시 동그랗게 두 손을 모아 입가에 가져가려는 순간, 열린 대문을 통해 양지가 나왔다. 보석이 뾰로통한 얼굴로 물었다.

"내일이 백일장인데 빨리 안 오고 뭐 해?"

"쉿, 그 사람 방금 잠들었어. 먼저 가 있어."

"그래. 알았어. 늦지 마."

보석이 다시 '우리들의 양지'를 향해 달려갔다. 개구멍 안으로 들어선 보석은 방석 위에 원고지를 올려놓고 양지를 기다렸다. 잠시 후 양지가 아지트로 들어섰다. 오늘따라 선생님 같은 표정이었다. 양지가 방석에 놓인 원고지를 집어 들었다. 그러곤 방석 위에 폴짝 앉았다. 양지가 원고지를 읽어 내려갔다. 보석은 숨을 죽이고 양지의 표정을 살폈다. 양지가 원고지를 한 장 한 장 넘길 때마다 보석은 지난번처럼 초조한 심정이었지만 양지의 표정은 지난번과 같이 거만해 보이진 않았다. 양지가 원고지의 한 부분을 짚으며 물었다.

"아하, 그래서 이 대목에서 주인공이 임종하는 거구나?"

"임종?"

"응."

보석은 임종이란 단어를 처음 들었다. 그걸 눈치챈 양지는 보석의 자존심을 건드리지 않으려고 이렇게 덧붙였다.

"너도 알다시피 임종은 죽음을 맞이한다는 뜻이잖아? 그래서 그냥 한번 말해 본 거야."

"알아. 누가 뭐래."

보석이 입술을 삐죽였다. 토라진 보석의 모습이 귀여워서 양지는 속으로 웃었다.

잠시 후 양지가 원고지의 마지막 페이지를 덮었다. 양지가 굳은 표정으로 보석을 바라보았다. 뭐야, 저 표정의 의미는. 차라리 귀를 막을까. 오늘 양지한테서 칭찬을 못 듣는다면. 못 듣는다면……

양지가 굳은 표정을 풀더니 보석을 바라보며 환하게 웃었다.

"나만의 판타지 왕국이라니, 정말 멋진 말이다. 소설가 해도 되겠네. 뻥쟁이 소설가 양반."

몰래 데이트

학교 운동장에서 백일장 시상식이 열렸다. 오늘의 주인공은 보석이었다. 백일장의 대상 수상자인 보석이 전교 대표로 나가 시장에게 상을 받았다. 보석의 노력과 양지의 조언은 실전에서 대상으로 이어졌다. 보석이 시장에게 서툴게 인사를 했다. 시장이 웃으며 보석의 머리를 쓰다듬었다. 전교생이 박수를 쳤다. 태어나 이렇게 많은 사람들 앞에서 박수를 받아 보는 건 처음이었다. 보석과 상장이라니, 아무래도 어울리지 않는 그림이었다.

같은 반 소정은 배가 아픈 듯 입술을 삐죽이고, 또 다른 아이는 나이롱 박수를 쳐 댔다. 백일장 대상의 주인공이 자신일 거라 예상했던 반장의 얼굴은 붉으락푸르락했다. 반장의 눈에선 곧 눈물이라도 쏟아질 것 같았다. 보석이 상장과 부상을 들고 자기 자리로 돌아왔다. 반 아이들이 보석의 손에 들린 상장과 부상을 보며

몰래 데이트 89

주인을 잘못 찾아간 거 아닐까 하는 의아한 표정을 지었다.

시상식이 끝나고 어느덧 종례 시간이었다. 교장 선생님과 교감 선생님에게 한껏 칭찬을 듣고 온 노처녀 담임이 신이 나서 말했다.

"보석이한테 이런 면이 있었네? 내일 엄마 오시라 그래."

"싫어요."

보석이 상장을 시큰둥하게 바라봤다. 이깟 종이쪽은 보석의 안중에 애초부터 없었다. 반장이 통통 부은 얼굴로 "차렷, 경례!"를 외치자 아이들이 담임에게 인사했다. 대충 인사한 보석은 교실 밖으로 쌩하니 달려 나갔다.

보석은 교문 앞에 서서 양지를 기다렸다. 양지한테서 칭찬을 들을 걸 생각하니 벌써부터 웃음이 절로 나왔다. 잠시 후 양지가 교문에 나타났다. 보석은 의기양양한 표정으로 양지에게 시계를 내밀었다.

"선물이야."

양지는 크게 기뻐하며 환한 표정을 지었다.

"그럴 줄 알았어. 넌 참 대단한 애야."

보석과 양지는 교문 밖으로 향했다. 둘은 아이들 눈에 띄지 않으려고 조금 떨어져서 걸었다.

드디어 양지와 보석은 달동네로 접어들었다. 둘은 기다렸다는 듯 서로에게 바싹 붙어서 나란히 걷기 시작했다. 보석이 양지에게 물었다.

"넌 왜 학교 밖에선 바지만 입어? 치마는 없어?"

양지의 얼굴에 잠시 그늘이 드리워졌다. 보석은 양지에게 시계를 선물했다는 기쁨에 취해 양지의 표정을 살피지 못했다. 둘은 어느새 보석의 집 앞에 도착했다. 보석이 아쉬운 표정을 지었다. 좀 천천히 걸어올 걸 그랬나. 시간이 왜 이렇게 빨리 가는 거야. 도장 아저씨랑 있을 때와는 너무 다르잖아. 그렇다고 다시 내려갔다가 올라오자 할 수도 없고.

"그럼 숙제해 놓고 만나는 거다?"

"그래."

손목에 시계를 찬 양지가 윗동네를 향했다. 보석은 양지의 뒷모습을 잠시 지켜보다 대문 안으로 발걸음을 옮겼다.

방으로 들어선 보석은 후다닥 숙제를 하고 나서 저녁을 차려 먹었다. 양지와 같이 먹고 싶었지만 그럴 수가 없었다. 양지를 초대하기에 방은 너무 초라했고, 엄마가 대충 만들어 놓은 반찬도 궁색했다. 그렇다고 밖에서 같이 사 먹자니 돈이 없었다.

보석은 저녁 식사를 마친 다음 빈 그릇을 설거지통에 집어넣고 시계를 봤다. 양지와의 약속 시간은 아직 멀었다. 오늘따라 시간이 완전 제멋대로네. 이제는 너무 더디게 간다. 아니면, 저녁을 엄청 빨리 먹었나?

보석이 지구본 앞에 가서 앉았다. 한 바퀴에 세계 일주 한 번이지만 세게 돌리면 두 바퀴도 돌아간다. 오늘은 어디서 출발할까?

몰래 데이트 91

좋아, 오늘은 호놀룰루다.

보석은 호놀룰루에 손가락을 갖다 대고 지구본을 세게 돌렸다. 지구본은 두 바퀴를 돌고 나서 정확히 호놀룰루에 가서 멈췄다. 보석은 저도 모르게 씩 웃었다. 오늘은 출발이 좋다. 기분 최고다.

보석은 콧노래를 부르며 방을 나섰다. 도장 아저씨의 방을 지나 가려는데, 그가 여행 가방을 들고 방에서 나왔다.

애숙이 마당에서 빨랫줄에 널어 놓았던 속옷을 걷다가 사내를 보자 와락 등 뒤로 감췄다. 애숙의 속옷에 무심코 눈길을 보내던 사내의 얼굴이 붉어졌다. 얼마 전 진미가 빨랫줄에 널어 놓은 속옷이 없어졌다며 한바탕 난리를 부린 일이 있었기 때문이다. 진미는 확신에 차서 덧붙였다. 범인은 분명 한집에 사는 사람일 거라고 말이다. 진미는 요즘 남자 대신 추리소설에 빠져 있는데, '범인은 항상 가까운 곳에 있다'는 사실을 소설 속에서 배운 모양이었다.

애숙이 사내의 여행 가방을 쳐다보며 물었다.

"어디 여행 가시나 봐요?"

"며칠 집에 다녀오려고요."

"무슨 일 있어요?"

"아버지께서 돌아가셨어요."

보석은 생각했다. 박인근 씨가 돌아가셨구나.

"어머나……."

그가 고개를 들어 하늘을 올려다봤다. 보석도 사내를 따라 하늘을 올려다보았다. 괜히 봤다. 아빠 생각이 났다. 이어 사내가 대문을 향했다.

"잠깐만요."

애숙이 잽싸게 방으로 들어가더니 봉투에 돈을 챙겨 갖고 나왔다. 애숙은 거부하는 사내의 손에 기어이 봉투를 쥐여 주었다.

"얼마 안 돼요."

대문을 나선 보석은 '우리들의 양지'를 향해 달렸다. 그리고 헉헉대며 개구멍으로 들어섰다. 양지는 아직 도착하지 않았다. 보석은 입술을 삐죽였다. 무언가 일이 잘 안 풀리거나 맘에 들지 않을 때 보석은 입술을 삐죽이는 버릇이 있었다. 난 세계 일주를 두 번이나 하고 왔는데 아직도 안 오다니. 너무하네.

드디어 아지트의 개구멍이 열렸다. 양지가 꽃무늬 치마를 입고 나타나 보석 앞에서 부끄럽다는 표정을 지어 보였다. 보석은 내심 흐뭇해졌다. 시계 선물에 감격한 건가. 그런데 스타킹도 안 신고 오다니 춥지도 않은가 봐.

보석은 양지에게 방석을 쓱 내밀었다. 폴짝 양지가 그 위에 앉는 순간, 실수로 치마가 들춰졌다. 그 바람에 양지의 새하얀 허벅지가 보였다. 헉! 보석이 화들짝 놀랐다. 양지의 허벅지에 선명하고도 붉은 선들이 그어져 있었다. 보석은 저렇게 선명한 선이 새겨진 허벅지는 이제껏 본 적이 없었다. 마치 새하얀 도화지 위에 붉

몰래 데이트 93

은 오선지를 그린 것 같았다.

"잠깐만, 다리가 왜 그래?"

양지가 뒤로 주춤 물러앉았다.

"아무것도 아냐."

보석은 방금 본 선명한 선들이 회초리 자국임을 눈치챘다.

"다리가 왜 그러냐고!"

"아무것도 아니라니까!"

"그 사람이, 널 때려?"

양지가 자신 없는 목소리로 답했다.

"아니."

보석이 다시 물었다.

"때려?"

스타킹만 신고 왔어도 이런 질문은 받지 않았을 텐데. 여벌의 스타킹만 있었어도. 양지는 내일 등교할 때 신으려고 스타킹을 빨아 놓고 온 자신이 원망스러웠다. 여분, 여유, 나머지란 양지와 얼마나 거리가 먼 단어인지.

"날 때리는 게 아니고 그 여자를 때리는 거야. 날 때리면서 그 여자 이름을 부르거든."

"니네 엄마?"

"그 여자가 나랑 그 사람을 버리고 가출한 뒤론 많이 힘들어해. 친척 하나 없으니 얼마나 외롭겠어. 스트레스를 받아 줄 사람이

나밖에 없으니까 내가 참아야지."

"븅신아, 그렇다고 맞아? 당장 신고해 버려."

"신고하면 날 죽일걸? 난 아직은 죽고 싶지 않아. 아직은."

양지가 고개를 숙이며 작게 한숨을 쉬었다. 양지 아버지는 양지가 6학년 때까지는 종아리를 때렸지만, 중학교에 입학하면서부터 허벅지를 때렸다. 6학년 때 담임 선생님이 양지 종아리에 난 회초리 자국을 보고 아버지에게 상담을 요청했을 때 거절하느라 진땀을 뺐던 적이 있었기 때문이다.

담임 선생님은 양지를 따로 불러내 아버지가 구타한 사실이 있는지 물었다. 양지는 단호하게 부인했다. 아버지는 이제껏 자기만을 보며 살아왔고, 앞으로도 자기만을 위해 살아갈 분이라며 닭똥 같은 눈물을 뚝뚝 흘렸다. 담임 선생님은 애써 의심을 거둬들였다.

보석은 양지 허벅지의 오선지에 정신이 팔려 양지의 뱃속에서 나는 꼬르륵 소리를 듣지 못했다.

장미와 보석

양지는 지하 사글셋방으로 돌아와 밥을 짓기 위해 손바닥만 한 부엌으로 들어섰다. 양지는 쌀통을 열어 보며 다시 한숨을 쉬었다. 혹시나 하는 마음으로 열어 보았지만 쌀통은 여전히 바닥을 드러내고 있었다. 크리스마스가 아니어도 산타 할아버지가 빨리 와 주었으면 좋겠다. 사탕도 과자도 학용품도 필요 없으니 밤사이 쌀통이나 가득 채워 주었으면 좋겠다.

양지는 쌀통 바닥의 마지막 쌀 한 톨까지 긁어 밥을 안치고 김치찌개를 끓였다. 그러고는 온기가 없는 방에 털썩 주저앉았다. 오늘따라 지긋지긋했다. 주인이 월세를 더 받으려고 지하 창고를 개조해서 만든 이 방이. 낮에도 햇빛이 전혀 들지 않는 이 방이. 연탄을 때는 대신 다다미를 깔아 놓아 1년 내내 퀴퀴한 지푸라기 냄새가 나는 이 방이.

밥이 다 지어질 무렵 양지 아버지가 땀 냄새를 훅 풍기며 방으로 들어섰다. 양지 아버지의 손엔 소주병이 담긴 비닐봉지가 들려 있었다. 아주 오래전부터 양지 아버지는 퇴근길에 소주병이 담긴 비닐봉지를 들고 들어왔다. 양지는 가끔 비닐봉지 안에 소주병 대신 도넛이나 센베이과자 같은 게 들어 있었으면 좋겠다고 기도했다. 통닭은 바라지도 않는다고 덧붙여 기도했지만, 그동안 하느님이 양지의 기도를 들어준 적은 한 번도 없었다.

양지가 준비해 놓은 밥상 앞에 아버지가 평소처럼 앉았다. 아버지는 식사를 하면서 소주 한 병을 전부 비웠다. 아버지에게 김치찌개는 반찬이라기보다는 안주에 가까웠다. 식사가 끝나갈 무렵 양지가 아버지의 눈치를 슬금슬금 살피며 힘겹게 말을 꺼냈다.

"저…… 쌀 떨어졌어요."

순간 아버지가 신경질적으로 숟가락을 탁, 내려놓았다.

"네가 집에서 하는 일이 뭐냐? 식충이 같은 년. 밥상이나 치워!"

양지는 잽싸게 밥상을 내놓고 나서 회초리를 가져왔다. 양지 스스로 회초리를 가져오는 일은 둘 사이의 말 없는 약속이자 오래된 관례나 다름없었다. 양지가 아버지에게 회초리를 내밀며 치마를 들어 올렸다. 그리고 두 눈을 질끈 감았다.

'한 대.'

양지가 마음속으로 한 대를 셌다.

'한 대, 한 대.'

양지가 마음속으로 계속 한 대를 셌다.

'한 대, 한 대, 한 대.'

악문 입술에서 피가 새어 나와도 신음 소리 하나 내지 않고 양지는 마음속으로 계속해서 한 대만 셌다.

휙 휙, 매질을 마친 아버지가 회초리를 바닥에 내던졌다. 양지는 회초리를 제자리에 갖다 놓고 이부자리를 깔았다.

아버지가 이부자리에 드러눕자마자 드르렁, 코를 골기 시작했다. 양지는 아버지의 양말을 벗긴 다음 이불을 덮어 주고 형광등 스위치를 껐다. 그리고 조용히 방문을 열고는 방을 나섰다.

아버지는 이 시간에 양지가 밖으로 나간다는 것과, 나갈 데가 있다는 사실을 전혀 모른 채 드르렁드르렁 코를 골며 깊은 잠에 빠져들었다.

"씨발."

양지 아버지의 입에서 신음처럼 욕설 섞인 잠꼬대가 흘러나왔다. 꿈에 아내가 나타났기 때문이었다. 참으로 오랜만의 만남이었다. 양지 엄마가 집을 나간 뒤로 양지 아버지는 매일 술을 마셨다. 나가기 전에도 거의 매일 마셨다.

이제 와서 추억하기도 싫지만 양지 아버지의 아버지도 술을 많이 마셨다. 하루는 술병이 양지 아버지의 발밑으로 떼굴떼굴 굴러왔다. 아버지가 술에 취해 홧김에 던진 술병이 굴러온 것이었다. 당시 고등학생이었던 양지 아버지는 책상에서 공부를 하다가 발바닥으로 술병을 턱, 막았다. 그날 양지 아버지는 심하게 맞았다. 발로 술병을 막았다며 건방지다고 말이다. 양지 아버지는 이해할 수가 없었다. 자신에게 술병을 던진 아버지를. 자신을 때린 아버지를. 그래서 다음 날 학교에서 집으로 돌아오는 길에 발걸음을 되돌려 그대로 가출해 버렸다. 저런 아버지랑 사느니 떠나는 게 낫겠어! 그리고 다시는 집에 돌아가지 않았다.

양지 아버지는 공사장에서 일용직으로 일했다. 자신보다 한참 어린 여자를 만나 결혼도 하고 아이도 생겼지만 직업은 바뀌지 않았다. 양지 아버지는 자신의 인생이 하루살이 같다고 생각했다. 집에 오면 손에 술병이 먼저 잡혔다.

어느 날 양지 아버지는 자신의 아버지가 그랬던 것처럼 술병을 굴려봤다. 떼구루루. 아내가 겁을 먹으니 뭐라도 된 것 같았다. 왕이 된 기분이었다. 한마디로 기분이 째졌다. 양지 아버지는 아내에게 손찌검을 하기 시작했다. 자신의 아버지가 그랬던 것처럼.

양지 아버지를 견디기에 양지 엄마는 너무 어렸다. 양지를 데리고 나가기에도 너무 어렸다. 양지 엄마는 혼자서 야반도주를 했다. 양지에게 사진 한 장을 남기고.

대문을 나선 양지는 보석의 동네를 향했다. 보석이네 다가구주택 대문 앞에 도착해서는 두 손을 포개어 동그랗게 모았다.

"야옹, 야옹, 야옹."

아픔과 추위와 분노로 인해 고양이의 목소리가 떨렸다. 잠을 자던 보석이 밖에서 들리는 고양이 소리에 벌떡 일어섰다. 꿈인가 했는데 현실이었다. 꿈보다 현실이 이렇게 좋을 수도 있다니. 보석은 서둘러 옷을 추슬러 입곤 방을 나섰다.

방바닥엔 이동도서『갈매기의 꿈』이 뒹굴고 있었다. 오늘 보석이 읽은 데까지는 갈매기 조나단 리빙스턴은 아직 꿈을 찾지 못했다. 다른 갈매기들의 따돌림에도 꿋꿋하게 자신의 꿈을 찾는 중이었다. 마치 보석이랑 양지처럼.

엄마가 집에 오기에는 아직 이른 시간이었다. 대문을 나선 보석이 주위를 살펴보았다. 고양이는 보이지 않았다. 보석이 '우리들의 양지'를 향해 달리기 시작했다. 달님도 별님도 보석을 따라 달렸다.

보석이 개구멍을 통해 '우리들의 양지'로 들어섰다. 미리 와서 기다리던 양지가 보석을 환하게 맞이했다.

"왔구나. 고마워."

"무슨 일 있어?"

"오늘 나랑 잘래?"

"왜? 나 없인 잠이 안 와?"

양지가 고개를 끄덕였다.

"그럼 내가 갖다 놓은 화장품 뚜껑 냄새 한번 맡아 봐."

양지가 피식 웃었다.

100

"향수병 냄새도 좋을걸?"

양지가 고개를 저었다. 보석은 얼마 전 집에서 가져온 누더기 담요를 펼쳤다. 그러곤 양지와 함께 담요 위에 누웠다. 보석은 점퍼를 벗어 양지에게 잘 덮어 주고 팔베개를 해 주었다.

양지가 보석에게 물었다.

"너, 남자랑 여자랑 자는 게 무슨 뜻인지 알아?"

"뭔데?"

"결혼해야 한다는 뜻이야. 하지만 같이 자고도 결혼하지 않는 어른은 많아. 아주 많다고."

보석이 입술을 삐죽였다.

"누가 너랑 결혼한대?"

순간 양지의 낡은 블라우스에 달린 단추가 툭, 떨어졌다. 블라우스 틈새로 양지의 가슴께가 살짝 드러났다. 연탄구멍만 한 작고 동그란 자국이 양지의 가슴께에 여러 개 흩어져 있었다. 보석이 화들짝 놀라 팔베개를 빼며 물었다.

"잠깐만, 거긴 또 왜 그래?"

양지가 와락 화를 냈다.

"왜 훔쳐보고 그래?"

"왜 그러냐고!"

흥분한 보석이 자리에서 벌떡 일어섰다.

"그거 담배 자국이지?"

장미와 보석 101

"······."

보석이 재차 물었다.

"맞지? 그 사람이 그런 거지?"

양지가 머뭇거리다 답했다.

"한 번이었는걸. 딱 한 번뿐이었어."

"그게 말이 돼? 그럼 용서가 되냐고!"

"날 사랑한대. 그래서 내 몸에 문신을 새기고 싶었나 봐."

"담뱃불로 지지는 게 사랑이래?"

"그래도 마지막엔 연고를 발라 주었는걸?"

"네가 고기야? 삼겹살이냐고? 지지긴 왜 지져!"

양지가 픽 웃었다.

"삼겹살 맛있겠다. 언제 한번 배 터지게 먹어 봤으면······."

진미가 쪽지를 들고 주인 할머니의 방문을 두들겼다. 주인 할머니의 방에서 트로트가 흘러나오고 있었다. 주인 할머니가 보청기를 끼고 트로트를 흥얼거리며 문을 열었다.

"뭔 일이래?"

진미가 주인 할머니에게 쪽지를 내밀었다. 주인 할머니가 매달 사글셋방 사람들에게 돌리는 전기세, 수도세가 적힌 쪽지였다. 한글은 서툴게 '전깃쎄 수돗쎄'라 써져 있지만, 숫자만큼은 틀리지 않고 또박또박 적혀 있었다.

"전기세가 너무 많이 나와서요. 전에 도장 오빠한테 물어봤는데 저랑 전기세가 똑같더라고요."

"그짝은 맨날 머리 감고 말리잖아. 도장은 드라이기도 없어."

"도장 오빠 도장 판다고 맨날 방에서 종일 불 켜고 살잖아요. 전 집에 있는 시간도 얼마 안 되는데."

"도장은 맨날 머리 안 감아. 근데 수도세는 그짝하고 똑같이 내거든. 그럼 수도세 더 낼래?"

"아니, 왜 계산이 그렇게 돼요?"

"그럼 수도세 더 내든가!"

"싫어요!"

진미가 팩 토라져서 돌아갔다. 진미의 등에 대고 주인 할머니가 빽 소리쳤다.

"내가 듣는 귀는 이래도 보는 눈 하난 정확하데이!"

진미가 자신의 방으로 들어가며 문을 탁, 소리 내어 닫았다. 화났다는 표시로. 온갖 조명이 켜진 환한 방에서 도장을 파고 있던 사내가 혼잣말을 했다.

"문디 가스나."

하굣길에 양지와 보석은 교문 앞에서 만났다. 둘은 말없이 시선을 교환하며 학교 앞에서부터 일정한 거리를 두고 걷기 시작했다. 그렇게 한동안 떨어져 걷다가 동네로 접어들자 둘은 바싹 붙어서 걸었다. 보석이 골똘한 표정을 지으며 말했다.

"어젯밤에 생각했거든? 그 사람이랑 우리 엄마랑 결혼시키면 어떨까? 그럼 그 사람이 우리 엄마한테 정신이 팔려 널 때릴 시간이 없을 거 아냐."

"그게 말이 되냐? 그럼 너랑 나랑 남매가 되는데? 그리고 아마 때릴 사람이 늘어나서 더 바빠질걸."

순간 뻥! 하는 소리에 양지가 화들짝 놀라 보석에게 안겼다. 아니, 보기에 따라선 양지에게 보석이 안긴 것도 같았다. 어쨌거나 보석은 아담한 양지보다 더 작았으니까.

동네 어귀에서 뻥튀기 아저씨가 쌀을 튀기고 있었다. 아저씨가 뻥튀기 기계에서 튀밥이 된 흰쌀을 플라스틱 바구니에 담았다.

뻥! 소리에 기계 앞에 서 있던 아이들이 자지러지게 비명을 지르며 달아났다. 그래도 신기한 듯 아이들은 뻥! 소리에 흩어졌다가 모이기를 반복했다. 얼굴이 붉어진 양지가 보석에게서 떨어졌다.

주변의 아이들이 보석을 보며 겁쟁이라고 놀려 댔다. 보석은 자존심이 상했다. 순간, 양지가 아이들 앞에 나서서 당당하게 따지듯 말했다.

"니들은 저기까지 도망갔었잖아. 앤 여기서 한 발짝도 안 움직였어. 누가 더 겁쟁인데?"

아직도 분이 가시지 않은 듯 양지가 아이들을 하나하나 노려봤다. 듣고 보니 양지의 말이 맞는 것도 같아서 아이들은 양지의 시선을 슬금슬금 피했다. 그러고는 뻥튀기를 하나씩 사 들고 서둘러 집으로 갔다.

"피, 겁쟁이들."

와, 보석은 속으로 감탄사를 내질렀다. 양지의 새로운 매력 발견. 지금껏 보지 못한 새로운 모습이네.

오늘따라 보석은 양지가 더 예뻐 보였다. 그리고 기뻤다. 이제 정말로 양지와 한편이 된 것 같아서.

그런데 너 뭐냐. 나보다 아는 단어도 많고 미소도 잘 짓고 따지기도 잘하고 나보다 잘하는 것투성이잖아.

아이들이 전부 사라질 때까지 노려보고 나서 양지가 뻥튀기 아저씨에게 쪼르르 달려갔다.

"아저씨, 제가 다시 올 때까지 가시면 안 돼요."

"걱정 말고 다녀와. 해 넘어갈 때까진 안 갈 테니."

아저씨가 튀밥 한 줌을 양지의 손에 쥐여 주었다. 양지가 튀밥을 입안에 털어 넣고 오물거렸다. 그러곤 보석에게 손을 흔들며 집 쪽을 향해 걸었다.

"이따 만나!"

"어디 가?"

"집에 쌀 가지러. 뻥튀기 해 먹으려고. 그럼 양이 많아지잖아!"

양지가 보석에게 제법 여유로운 미소를 날렸다. 오늘 아침, 아버지가 쌀 한 봉지를 쌀통에 채워 놓고 출근했기 때문이다. 양지의 미소는 뭐랄까, 애숙 누나가 공무원 연금 매점에서 이따금 사다 주는 보름달 빵처럼 푹신하면서도 포근한 느낌이 들었다. 그래, 이제부터 저 미소를 보름달 빵 미소라고 하자.

집에 다녀온 양지는 쌀을 튀밥으로 만들어서 다시 가져갔다. 집으로 향하는 양지의 발걸음은 한결 가벼워 보였다. 쌀의 양이 열 배는 더 많아진 느낌이었다. 아버지에겐 평소대로 쌀밥을 지어 주고, 당분간 자신은 뻥튀기로 식사를 할 예정이었다. 그러면 '집에서 쌀이나 축내는 년'이란 욕설은 듣지 않아도 되겠지.

지하 셋방에 도착한 양지는 뻥튀기로 단출한 밥상을 차렸다. 그리고 다다미 위에 앉아 밥상 앞에서 식사 기도를 했다.

"하느님, 그 사람한테 아무리 맞아도 안 아프게 해 주세요. 아무리 지져도 안 뜨겁게 해 주세요. 감사히 먹겠습니다. 아멘."

기도를 마친 양지는 숟가락으로 튀밥을 떠먹었다. 튀겨진 쌀알들이 숟가락 밖으로 우수수 떨어져 내렸다. 채 한 숟가락을 넘기기도 전, 양지의 목에 튀밥 몇 개가 걸렸다. 양지가 밥공기 위에 대고 캑캑, 기침을 했다. 붉은 피가 하얀 튀밥 위로 후드득 뿌려졌다.

보석은 늘 그래왔듯 일찌감치 홀로 저녁을 차려 먹고 방을 나섰다. 등에 한 짐을 진 보석이 도장 파는 사내의 방을 지나가자, 사내가 불러 세웠다.

"보석아, 들어와서 도장 찍을래? 새 글자 많이 있다."

눈치 없기는. 바빠 죽겠는데.

"아니요."

보석은 등 뒤로 가방을 감추며 사내를 향해 어색한 미소를 지어 보였다. 보석은 잠시나마 양지 아버지에 대해 사내에게 말하고 싶은 충동을 느꼈다. 그러면 사내가 양지 아버지를 경찰에 신고할지도 몰랐다. 그럼 양지는 어떻게 되는 거지? 신고하면 양지 아버지가 양지를 죽일 거라고 했는데.

보석은 고개를 저으며 서둘러 대문을 나섰다. 낑낑대며 '우리들의 양지'에 도착한 보석은 집에서 훔쳐 온 촛대, 양초, 쌀, 향수병과 화장품 뚜껑 그리고 장미 한 송이를 아지트에 내려놓았다.

보석이 빈 화장품 병에 장미 한 송이를 꽂고는 개구멍 쪽을 바라보았다. 널빤지로 가려 놓은 개구멍은 아직 열릴 기미가 보이지 않았다. 급한 마음에 양지네 집에 가서 야옹 하는 걸 괜히 생략하고 온 건가? 아까 양지가 분명히 이리로 오겠단 약속을 했는데.

보석은 양지를 조금 더 기다리다 쌀 봉지를 든 채 아지트 밖으로 나섰다. 양지에게 주려고 훔쳐 온 쌀을 집에 도로 가져갈 순 없었다. 보석은 양지네 집으로 가서 문앞에 몰래 쌀 봉지를 놔두고 와야지, 하고 생각했다. 누가 쌀을 가져다 놓았는지 양지가 아는 건 중요하지 않았다. 양지가 먹는다는 사실이 중요했다. 아니, 양지가 오기 전에 여길 나가는 게 낫겠다. 양지에게 직접 쌀 봉지를 내미는 건 양지 얼굴을 빨개지게 만드는 일이 될 것이다. 보석은

장미와 보석 107

서둘러 아지트를 나섰다.

보석이 가버린 컴컴한 아지트에 양지가 들어섰다. 칙, 양지가 성
냥불을 켜며 실내를 돌아봤다. 그리고 촛대에 꽂힌 초에 능숙하게
성냥불을 붙였다. 촛대가 아지트에 놓여 있단 걸 미리 알고 있었
던 것처럼.

실내가 조금 환해지자 양지는 빈 화장품 병에 꽂혀 있는 장미
한 송이를 발견했다. 양지가 가장 좋아하는 꽃이 장미란 걸 보석
은 알고 있었다. 말해 준 적은 없어도. 양지가 장미를 꺼내 들곤 향
기를 맡아 보았다. 양지의 눈에 이슬이 맺혔다. 양지가 주머니 안
에서 사진 한 장을 꺼냈다. 오래되어 낡고 빛바랜 사진. 양지가 갖
고 있는 유일한 엄마 사진이었다. 사진 속 엄마가 양지를 향해 미
소를 짓고 있었다. 양지는 사진을 노려보며 혼잣말을 했다.

"집 나가길 잘했어. 나쁜 여자…… 하지만 당신을 용서할게."

실연

보석이 교문 앞에서 양지를 기다리고 있었다. 애들이 수업을 마치고 삼삼오오 짝지어 나왔다. 보석은 여전히 학교에서 관심권 밖에 있었다. 백일장 때 딱 한 번 반장의 질투를 사고, 담임 선생님의 환심을 샀을 뿐 그 뒤로는 다시 관심권 밖으로 밀려나 달동네의 평범한 아이로 돌아왔다. 보석은 교문 앞을 어슬렁거리며 머릿속으로 혼자 단어 연상 놀이를 했다. 양지, 장미, 예쁘다, 보고 싶다…….

보석은 결심했다. 양지가 불판 위의 삼겹살이 되어도 사랑하기로. 할머니가 될 때까지 사랑하기로. 죽어도 사랑하기로. 사랑은 그런 거다. 사랑하기로 마음먹는 거다. 결심하는 거다. 상대에 대한 생각을 모으고 집중하는 거다. 저절로 생각나는 건 사랑이 아니다. 그건 그냥 생각나는 거지 생각을 모으는 게 아니다. 저절로

실연 109

생각나는 건 쉬운 거다. 사랑은 그렇게 쉬운 게 아니다. 어려워야
하는 거다. 어려워야 하지만…….

그런데 요즘은 양지가 저절로 생각났다. 생각하지 않으려고 아
무리 애써도 자꾸만 저절로 생각이 났다. 학교 갈 때도 저절로. 밥
먹을 때도 저절로. 숙제할 때도, 잠잘 때도 저절로. 계집애, 내가
이렇게 생각해 주는데 내 맘도 몰라주고.

드디어 교문 밖으로 양지가 나왔다. 양지도 보석과 사정이 다를
건 없었다. 평소처럼 여전히 혼자였다. 양지가 보석을 보더니 외
면하고 그냥 갔다. 어? 왜 저러지? 어제 방문 앞에 말도 없이 쌀 봉
지를 갖다 놓은 것 때문에 화가 났나? 왜 그래? 너도 누구처럼 '자
존심 빼면 시체'니? 하여간 여자들 속은 알다가도 모르겠다니까.

보석이 교문 밖을 나서는 양지를 쫓아갔다.

"어제 왜 안 왔어?"

양지는 아무 대답도 없이 계속 걸어갔다. 보석이 양지를 가로막
고 섰다.

"야! 내 말 안 들려?"

"저리 가. 사귄다고 소문나고 싶어?"

"말해! 왜 안 왔어?"

"내가 왜 그 거지 소굴에 가야 하는데?"

보석은 망치로 머리를 한 대 얻어맞은 것 같았다. 그래서 그 자

리에 멈춰 섰다.

"그 말, 진심이야?"

"그래! 거지 소굴! 됐니? 우리 그만 놀자. 이제 네가 싫어. 지겹다고!"

양지가 다시 걷기 시작했다. 보석이 다시 쫓아갔다.

"전엔 귀엽다며! 도토리 같다며!"

"아냐. 넌 못생겼어. 하도 심심해서 거짓말한 거야. 넌 거울도 안 보니? 같이 다니기 창피해 죽겠다고!"

보석이 돌아서서 달리기 시작했다. 부르기만 해 봐. 내가 돌아볼 줄 아나. 부르기만······.

보석은 앞만 보고 달렸다. 그러면서 내심 양지가 뒤에서 불러 주길 기대했다. 미안하다고, 좀 전에 한 말은 진심이 아니라고, 농담이었다고 말해 주기를. 그러나 뒤에선 아무런 기척이 없었다. 양지야, 너 왜 그래. 우리, 같은 편 먹었잖아. 벌써 잊은 거야? 변덕쟁이. 배신자 같으니.

집으로 돌아온 보석은 저녁 먹을 생각도 하지 않고, 숙제도 하지 않은 채 앉은뱅이책상 앞에 앉아 몽당연필을 집어 들었다. 보석이 몽당연필을 노려보며 씩씩대다가 바닥에 내동댕이쳤다. 그리고 새 연필을 꺼내 뾰족하게 깎았다. 보석은 아빠한테 편지를 썼다. 성난 글씨체가 편지지 위에서 삐뚤빼뚤 제멋대로 춤을 춰 댔다.

아빠, 내가 사진을 보내 주지 않아서 화났어요? 아니면 전에 미스터 문이라고 불러서 답장을 안 주는 거예요? 아무래도 고백해야겠어요. 난 못생겼어요. 내 별명은 못생긴 땅꼬마예요. 그래도 아빠 날 알아보겠죠? 잘생긴 가짜 아들을 내 옆에 몰래 세워 놔도 날 알아보겠죠? 내가 진짜 아들이니까. 잘생긴 신하를 옆에 세워 놔도, 못생긴 강감찬 장군을 알아본 중국 사신들처럼요.

보석은 서랍에서 화장품을 있는 대로 다 꺼내 방바닥에 흩어 놓았다. 그러곤 뚜껑을 전부 열어 놓은 채 하나씩 냄새를 맡기 시작했다.

오늘 양지랑 헤어졌어요. 여자들은 다 똑같아요.

두 줄기 눈물이 보석의 볼을 타고 흘러내렸다. 이불 위로 쓰러진 보석이 베개를 적시며 잠들었다.

청혼

"우리 집에 왜 왔니, 왜 왔니, 왜 왔니."

"꽃 찾으러 왔단다, 왔단다, 왔단다."

"무슨 꽃을 찾으러 왔느냐, 왔느냐."

"장미꽃을 찾으러 왔단다, 왔단다."

달동네의 골목길에 석양이 내려앉았다. 두 패로 나뉜 여자애들이 각기 자기편과 손잡고 노래를 했다. 남자애들도 편을 갈라 딱지치기와 구슬치기를 하고 있었다. 떼구루루, 구슬 하나가 여자애들에게 굴러갔다. 보석이 여자애들에게 굴러간 구슬을 집어 들곤 남자애들에게 다가갔다. 보석은 불룩한 주머니 안에서 딱지와 구슬을 전부 꺼냈다. 지난날 병우를 향해 날렸던 독백은 거짓이었다. 국민학교는 졸업했어도 딱지와 구슬은 아직 졸업하지 못해 계속 지니고 있었으니까. 그 덕에 양이 제법 되었다. 보석은 골목대장 병우에게 딱지와 구슬을 내밀었다. 이 골목에선 골목대장 한 사람만 통과하면 되니까.

"딱지랑 구슬 다 줄게. 나랑 놀자."

병우가 꼬깃꼬깃한 딱지와 때 묻은 구슬을 흘깃 보더니 보석을 확 밀쳐 냈다.

"저리 안 가? 못생긴 땅꼬마야."

병우의 졸개인 다른 남자애가 보석에게 혀를 내밀어 메롱, 했다. 보석은 상처받지 않았다. 이 아이들이 자신과 놀아 주든 말든 보석은 아무런 상관이 없었다. 이 아이들이 보석과 놀아 준다고 해서 양지와의 관계를 돌이킬 수 있는 건 아니니까.

순간 거지 소년 성배가 예의 그 떡이 진 머리를 하고 여자애들 무리를 향해 다가갔다. 머리에선 당장이라도 이가 우수수 떨어질 것만 같았다.

"애드라, 노~자!"

"으아아아!"

여자애들이 일제히 비명을 지르며 도망갔다. 여자애들의 비명이 환호라도 되는 양 성배가 입을 헤벌리고 웃었다. 성배는 이번엔 남자애들을 찾으려고 두리번댔다. 남자애들 역시 어느새 사라지고 없었다. 성배가 골목에 혼자 남아 있는 보석을 발견하고 다가왔다. 성배가 보석에게 깡통을 내밀었다. 보석이 성배의 깡통을 뺏어 바닥에 던져 버렸다. 때굴때굴 깡통이 굴러갔다. 성배가 깡

통을 따라 달렸다. 보석이 성배의 뒤통수에 대고 화풀이하듯 소리
쳤다.

"부자 동네에 가 보랬잖아! 여기서 이러지 말고."

성배가 깡통을 주워 와서 보석에게 씩씩댔다.

"양지 나한테 밥 줬써. 너 나빠. 양지 아파. 기침하면 피 나. 양지
가 그래써."

"뭐? 그게 정말이야?"

성배는 고개를 끄덕였다. 보석은 성배의 멱살을 잡았다.

"정말이냐구!"

성배가 더 크게 고개를 끄덕였다.

"너, 거짓말이면 죽었어!"

보석이 성배의 멱살을 놓으며 주먹을 불끈 쥐어 보였다. 성배가
캑, 기침하며 자신의 목을 어루만졌다. 보석은 양지네 동네를 향
해 달려갔다. 성배가 보석의 등 뒤에 대고 소리쳤다.

"너나 주우~거!"

보석은 육상 선수처럼 달려 양지네 집 앞에 도착했다. 그러나 막
상 도착해서는 안으로 들어가지 못하고 열린 대문 앞에서 서성거
렸다. 보석은 두 손을 모아 야옹, 하려다가 입을 다물었다. 그러곤
발걸음을 되돌렸다.

보석은 집으로 돌아가는 대신 '우리들의 양지'로 향했다. 보석
은 혹시나 하는 마음에 개구멍 안으로 들어서서 실내를 돌아보았

청혼 115

다. 역시 양지는 없었다. 양지는 언제 이곳에 나타날까. 이곳에 다시 오기는 할까? 이 거지 소굴에? 보석은 자신이 없어졌다.

보석은 촛대로 다가가 양초에 불을 붙였다. 빈 화장품 병에 꽂혀 있는 장미 한 송이를 보자 울컥하는 마음이 들었다. 보석은 자리를 박차고 일어섰다.

보석은 개구멍을 나서서 달리기 시작했다. 뒷산을 지나고 놀이터를 지나 달동네를 향해 헉헉대며 달려갔다. 돌부리에 걸려 넘어져도 벌떡 일어나 달렸다. 까진 무릎에서 피가 나는 것도 모르고 미친 듯 달려갔다.

드디어 보석은 다시 양지네 집 앞에 도착했다. 보석은 서둘러 두 손을 입으로 가져갔다. 시간이 없었다. 더는 머뭇거릴 시간이.

"야옹, 야옹, 야옹!"

양지는 나오지 않았다.

"야옹, 야옹, 야옹, 야옹, 야옹, 야옹⋯⋯."

보석은 목이 쉬도록 간절하게 고양이 소리를 냈다. 그래도 양지는 나오지 않았다. 앞집 창문을 통해 앙칼진 여자 목소리가 들려왔다.

"여보, 저놈의 도둑고양이 좀 잡아!"

그 집 창문으로 무뚝뚝한 남자 목소리가 흘러나왔다.

"쥐새끼 잡기도 바빠!"

보석이 다가구주택 마당으로 들어섰다. 도장 파는 사내가 수돗가에서 밤하늘의 별을 벗 삼아 발을 씻고 있었다.

"보석아, 들어와서 도장 찍을래?"

"아니요."

사내가 이사 온 초기에 보석은 사내만 보면 "들어가서 도장 찍어도 돼요?"라고 물었다. 이젠 사내가 보석만 보면 "들어와서 도장 찍을래?" 하고 묻는 것으로 바뀌었다. 인간관계란 바로 이런 건데. 바뀌고 변화하고 발전하는 것인데. 그런데 나랑 양지는…….

사내가 상심해 있는 보석의 표정을 유심히 살폈다.

"보석아, 너 무슨 일 있구나?"

"그냥, 사는 게 좀 힘드네요."

"하하하, 녀석. 너, 이 세상에서 가장 힘든 일 세 가지가 뭔지 아니?"

"두 가진 알아요. 부자가 천국 가는 거랑 낙타가 바늘구멍 지나가는 거."

"하하하, 맞아. 그런데 말이다. 낙타는 노력하면 바늘구멍을 통과할 수 있지만, 부자들은 노력해도 절대 천국에 갈 수 없어. 부자가 저세상에 가서까지 잘산다는 건 불공평한 거야."

보석도 사내의 말이 맞다고 생각했다. 맞았으면 좋겠다고. 그런데 부자가 천국에 가든 지옥에 가든 그건 이 세상일이 아니잖아?

청혼 117

저세상의 일이지. 멍청하기는.

"또 한 가지는 뭔데요?"

"그건 네가 잘 생각해 봐."

말해 주지도 않을 거면서 왜 물어본 거야. 보석은 생각했다. 세상에서 가장 힘든 일 또 한 가지는 보석이 양지의 마음을 돌이키는 것 아닐까? 양지가 다시 거지 소굴로 오는 것. 아니, '우리들의 양지'로.

보석은 고개를 저었다. 그렇다면 해 볼게. 부자들은 죽어도 천국에 못 가겠지만 나는 해 볼게. 그래서 내가 세상에서 가장 힘든 일을 해낼 수 있는 사람인지 알아볼게.

"그런데 낙타는 어떻게 노력해야 바늘구멍에 들어갈 수 있죠?"

"몸무게를 줄이면 되잖아. 바늘구멍을 넓히거나. 하하하하."

보석은 수업을 마치자마자 양지네 반 교실로 찾아갔다. 교실 문 앞에 버티고 서서 기다리면 양지도 어쩌진 못할 것 같았다.

수업을 마친 양지가 드디어 교실을 나섰다. 여전히 혼자였다. 그동안 계속 이렇게 교실을 나와 혼자서 교문까지 걸어갔겠지. 오지도 않을 엄마를 기다리다 그냥 교문을 통과했겠지.

양지가 보석을 보더니 고개를 숙이고 그냥 지나쳐 갔다. 보석이 따라가 양지의 손을 다짜고짜 잡아끌었다. 아이들이 양지와 보석을 보며 수군댔다. 양지가 보석의 손을 뿌리치며 화를 냈다.

"왜 이래? 창피하게."

보석이 아랑곳하지 않고 양지를 끌고 갔다.

"이거 놔! 놓으란 말이야!"

보석은 양지의 말을 듣지 않기로 작정한 듯 손을 더 꽉 잡았다. 그렇게 보석은 양지의 손을 잡은 채 교문 밖까지 걸어갔다. 이제 다시는 양지의 손을 놓지 않을 것이다. 그러면 내게서 양지의 마음이 떠나가는 일도 없을 것이다. 양지도 더는 보석의 손을 뿌리칠 마음이 없었다. 둘은 그렇게 손을 맞잡고 계속 걸어갔다. 사귄다는 소문이 나건 말건 간에.

달동네 골목길로 들어서자 보석이 드디어 양지의 손을 놓아 주었다. 둘의 손바닥엔 땀이 차올랐다. 온기로 인해 양지의 마음이 녹는 것 같았다. 보석이 양지를 마주 보고 섰다.

"결혼하자."

"……."

"결혼해 준다구. 내 말 못 들었어? 우리 같이 잤잖아! 자고 나서 결혼 안 하는 무책임한 어른처럼 되고 싶어? 우리가 어른을 따라 하면 똑같은 어른이 되는 거야. 내일 학교 끝나고 '우리들의 양지'로 나와!"

보석은 말을 마치자마자 냅다 달렸다. 낯익은 똥개 한 마리가 꼬리를 흔들며 보석을 따라왔다. 평소 같았으면 엉덩이를 한 대 걸어차는 시늉을 했을 테지만 지금은 그럴 여유가 없었다. 이제부턴 결혼 준비로 바빠질 테니까.

보석은 골목길에서 노는 꼬마들 무리에게 다가갔다. 목표는 코흘리개 꼬마들이 아니었다. 깡통 들고 여전히 구걸하러 다니는 성배였다. 성배를 찾아낸 보석이 "야!" 하고 손짓했다. 성배가 보석을 보더니 고개를 홱 돌렸다. 보석이 성배에게 다가갔다. 성배가 보석을 노려보며 뒷걸음질 쳤다.

"너랑 안 노라."

보석이 성배를 붙들고 흥정을 시작했다. 결혼식 장소론 아지트가 적당하고, 아지트 꾸미는 덴 일손이 필요하고, 당장 도와줄 사람이라곤 성배밖에 없었으니까. 뭐 사실 나중에도 딱히 도와줄 사람은 성배 말고 마땅히 떠오르지 않았다. 보석이 흥정 조건을 내밀었다.

"딱지 열 장, 구슬 스무 개, 어때?"

성배가 고개를 갸우뚱하며 고민하는 표정을 지었다. 그러곤 손가락으로 이리저리 셈을 하더니 다시 흥정을 했다.

"딱지 열한 장, 구슬 스무두 개애."

"좋아."

보석이 하이파이브를 하려고 두 손을 내밀자 성배가 두 팔 벌려 만세를 불렀다. 보석이 픽 웃었다.

"너, 인형 가진 거 다 갖고 와. 여기서 다시 만나자."

보석이 도장 파는 사내의 방으로 들어섰다. 사내는 보석이 들어온 것도 모르고 고개를 숙인 채 열심히 도장을 파고 있었다. 보석의 눈이 분주하게 무언가를 찾았다. 사내가 입김을 훅 불자 목도장에 붙어 있는 미세한 톱밥이 날아갔다. 사내가 도장에 새겨진 글자를 보며 미소 지었다.

"정애숙, 이름 참 예쁘다."

보석이 드디어 책꽂이 구석에서 손전등을 발견했다. 보석이 손전등을 잽싸게 집어 들고 등 뒤로 감췄다.

"아저씨, 애숙이 누나 좋아하죠? 그럼 결혼해요."

보석의 목소리에 사내가 깜짝 놀라 얼굴이 발개졌다. 보석의 애인 목록에는 애숙 누나도 들어 있었지만, 그건 지난 일이었다. 게다가 상대가 도장 파는 사내라면 기꺼이 밀어 주고 말고.

"이름이 예쁘다고 했지, 언제 결혼한댔나."

"뭐래, 얼굴 빨개졌으면서."

사내가 보석에게 어물쩍 도장을 내밀었다.

"자, 한번 찍어 봐라."

보석이 도장에 인주를 묻혀 종이에 팡! 찍었다. 정애숙이란 글자가 흰 종이에 선명하게 찍혔다. 마당에서 주인 할머니의 목소리가 들려왔다.

"새댁, 사글세 자꾸 밀릴 거야?"

새신부가 대답했다.

"할머니, 며칠만 더 봐주세요. 신랑 회사가 사정이 어렵대요."

"벌써 두 달이나 봐줬잖어. 더 이상 어떻게 봐줘? 파마해서 번 돈 다 어쨌어?"

"외상 손님이 많아서요. 별로 번 것도 없어요. 할머니도 외상하셔 놓군."

"자꾸 이러면 재미없어. 나두 더 이상 못 기다려."

주인 할머니가 방문을 쾅 닫고 들어가는 소리가 들렸다. 주인 할머니와 신부의 대화를 방에서 전부 엿들은 사내가 흥분했다.

"못된 망구 같으니."

망구란 말에 보석이 피식 웃었다. 사내가 물었다.

"보석아, 너『죄와 벌』읽어 봤니?"

"아니요. 재밌어요?"

"그럼. 고전이니까 꼭 읽어 봐라. 난 저 망구만 보면『죄와 벌』의 전당포 노파가 떠오른다."

"왜요?"

"저 망구 하는 짓이 전당포 노파랑 똑같거든. 망구가 사글세를 받아먹고 사는 건 노동자에 대한 착취야."

"착취가 뭔데요?"

보석은 사내에게 일부러 말을 붙이면서 시선은 계속 방 안을 눈으로 더듬었다. 더 가져갈 것이 없을까?

"착취라는 건 말이다, 남의 노동을 가로채서 거저먹는 거야."

"그럼 엄마가 해 주는 밥을 공짜로 먹는 것도 착취네요? 설거지
는 내가 하는데도요?"

"하하하. 그건 아니야. 노동에 대한 대가를 지불한 거니까."

"남의 노동을 착취하는 사람은 부자가 아니라도 천국에 못 가겠
네요?"

"암. 바로 그거란다."

"남의 남아도는 물건을 훔쳐서 그걸 필요한 사람에게 갖다 주는
것도 착취예요?"

"문디 자슥. 그건 홍길동이다. 하하하하."

사내는 고개를 젖혀 가며 웃느라 보석이 등 뒤로 감추고 있는
손전등을 보지 못했다.

보석과 성배가 아지트를 꾸미려고 바쁘게 개구멍을 들락거렸
다. 보석은 빈 화장품 병들이 담긴 박스를 들고 들어왔다. 성배가
길에서 주운 누더기 곰 인형들을 양팔에 껴안고 들어왔다. 둘이
부리나케 개구멍을 나갔다 들어왔다 바쁘게 들락거렸다. 방석, 담
요, 손전등, 바가지, 컵, 비누 등이 개구멍을 통해 착착 들어왔다.
보석은 방석을 여러 개 쌓아 푹신한 침대를 꾸몄다. 성배가 방석
침대 머리맡에 주워 온 인형들을 쪼르르 갖다 놓았다.

마침내 아지트에 근사하게 한 살림이 차려지는 순간이었다. 보
석이 아지트를 둘러보며 한숨을 휴, 내쉬자 성배가 따라서 한숨을

청혼 123

쉬었다. 보석이 성배에게 준비해 온 메모지를 내밀며 주례사 연습을 시켰다. 보석이 한 줄 읽자 성배가 더듬더듬 따라 읽었다. 성배의 힘겨운 따라 읽기가 끝났다. 이번엔 보석이 성배에게 혼자 읽으라고 했다. 성배가 고개를 갸웃했다. 한글을 모르니 그럴 수밖에.

"빨리 안 읽어?"

보석이 성배에게 눈을 부라렸다. 성배가 머리를 긁적였다. 성배의 떡 진 머리에서 우수수, 비듬이 떨어졌다. 보석은 더럽다는 듯 바닥에 떨어진 비듬을 노려보았다.

보석은 성배와 주례사에 이어 힘겨운 축가 연습을 마쳤다. 보석은 성배를 이끌고 개구멍을 나섰다.

보석이 발걸음을 재촉했다. 내일까지 끝내야 할 일이 많았다. 보석은 성배를 집으로 데려와 앞방 신혼부부의 방문을 두들겼다. 오후의 단잠에 빠져 있던 신부가 부스스한 표정으로 방문을 열었다.

보석은 신부에게 자신과 성배의 머리를 외상으로 잘라 달라고 부탁했다. 신부가 군말 않고 가위와 보자기, 거울을 들고 마당으로 나와 보석의 머리부터 깎기 시작했다. 신부가 평소와는 다른 보석의 결연한 표정을 보며 말을 건넸다.

"보석이 좋은 일 있나 보네?"

"네."

"무슨 일인데?"

"비밀이에요."

124

"나만 알고 있을게. 응?"

"싫어요."

보석은 고개를 저으며 입술을 앙다물었다. 행여 비밀을 말하고 싶어질까 봐. 사각사각, 보석의 머리가 잘려 나갔다. 신부가 보석의 머리를 자르고 나서 동그란 거울을 내밀었다.

"왕자님 같구나. 보석이."

거울 속 보석의 앙다문 입술이 조금 씰룩였다. 왕자는커녕 바가지 같았다. 이어 성배의 목에 보자기가 둘러쳐졌다. 성배가 가위를 보더니 기겁해서 도망가려고 몸을 들썩였다. 신부는 움직이는 성배의 어깨를 붙잡아 눌러 의자에 앉혔다. 그러곤 성배의 머리에 분무기로 칙칙, 물을 뿌렸다. 오랫동안 감지 않아서 떡이 진 성배의 머리는 잘 빗겨지지 않았다.

"아얏!"

신부가 성배의 비명에 놀라 어디 다친 데는 없는지 살펴봤다. 성배가 뚝뚝 눈물을 흘렸다. 성배의 인생고초 목록에 머리 빗기 하나가 추가되었다. 머리 빗는 게 이렇게 아픈 건지 예전엔 미처 몰랐었다. 신부가 성배의 머리를 자른 다음 목에서 보자기를 걷어내며 말했다.

"장군님 같네. 보석이 친구는."

성배는 눈가에 이슬을 대롱대롱 매단 채 신부를 향해 활짝 웃었다. 장군은커녕 양은 냄비 같은데도.

청혼 125

결혼식

학교에서 돌아온 보석은 또다시 곧장 골목으로 달려가 꼬마들 무리에서 성배를 찾았다. 평소 같았으면 양지를 기다렸다가 같이 왔겠지만, 오늘은 아지트에 먼저 가서 준비할 것이 많았다. 하지만 성배는 보이지 않았다. 왜 오늘따라 안 보이는 거야. 오늘같이 필요한 날. 청개구리 같으니. 외상으로 머리까지 잘라 주었더니.

보석이 고개를 돌리는 순간 성배가 이쪽으로 걸어오는 모습이 보였다. 보석이 먼저 다가가 성배를 다그쳤다.

"너 내가 이 시간에 꼼짝 말고 여기서 기다리랬지?"

"헤~."

성배가 누런 이를 드러내며 미안한 듯 웃었다.

"따라와."

보석이 골목대장처럼 앞장섰다.

"따야와."

성배가 혀짤배기소리로 보석의 말을 따라 하며 뒤돌아봤다. 그러나 성배를 따르는 아이는 아무도 없었다.

보석은 성배를 데리고 슈퍼로 들어섰다. 보석이 초코파이를 집어 들자 성배가 알사탕 하나를 집어 들었다. 보석은 하는 수 없다는 듯 초코파이와 알사탕을 들고 계산대로 갔다. 보석이 초코파이와 알사탕 값을 지불하자마자 성배가 알사탕을 까서 입에 쏙 집어넣었다. 슈퍼를 나선 보석은 꽃집에 들어가 장미꽃 한 다발을 샀다. 그다음 빵집에 가서 생일 케이크용 초를 공짜로 얻었다. 빵집 주인은 보석과 성배가 빨리 나가 주길 바라는 마음에서 군말 없이 초를 내주었다. 케이크를 사는 줄 알고 좋아했던 성배는 실망스러운 표정을 지었다.

보석은 성배와 아지트로 향했다. 아지트는 지금껏 양지와 보석, 둘만의 장소였지만 오늘만큼은 어쩔 수가 없었다. 둘만의 예식에도 증인이 필요하니까. 행여 나중에라도 양지가 딴소리를 못 하도록 말이다.

보석과 성배가 한결 말끔해진 아지트에 들어섰다. 어제 미리 치워 놓길 잘했다. 적어도 거지 소굴은 면한 것 같았다. 보석은 촛대 아래에 장미꽃 다발을 내려놓고 초코파이에 생일 케이크용 초를 꽂았다. 촛불은 양지가 오면 함께 붙일 예정이었다. 성배가 초코파이를 바라보며 침을 흘렸다. 그러면서 배고프다고 징징댔다. 보

결혼식 127

석은 아까 알사탕 먹었잖아, 하며 단호하게 고개를 저었다.

그런데 양지는 올까? 오기는 할까? 보석은 '온다'에 희망을 걸었다. 약속했던 시간이 지났다. 보석은 여전히 '온다'에 희망을 걸었다. 양지는 온다. 반드시 올 것이다.

솔직히 말해서 보석이 양지에게 첫눈에 반한 건 아니었다. 당연하지 않은가. 처음부터 양지가 보석을 먼저 쫓아온 마당인데. 시작은 어디까지나 양지가 먼저였다.

하지만 첫눈에 반하지 않았다는 사실이 더 이상했다. 보석은 양지를 볼 때마다 좋아하는 감정이 점점 쌓여 갔다. 하루하루, 차곡차곡, 매일매일, 날마다 날마다. 그러다 이제는 좋아하는 감정이 걷잡을 수 없이, 한마디로 눈덩이처럼 불어나 버렸다. 이젠 무를 수도 없었다. 이 감정이 녹아내리려면 겨울이 지나가길 기다리는 수밖에 없지 않을까.

보석이 양지를 좋아하는 이유는 너무도 많았다. 보석은 어느 날 이 사실을 확실히 깨달았다. 보석은 양지를 좋아한다! 너무 많이. 심할 정도로. 아주 많이. 게다가 우린 같은 편이잖아!

지금 이 순간 양지를 좋아하는 마음을 보여 줄 다른 표현이 있었으면 좋겠다. 보다 더 멋진 표현이.

드디어 개구멍의 판자가 들썩였다. 기다리던 오늘의 신부가 등장한 것이다. 꽃무늬 치마를 입은 양지가 개구멍 안으로 들어섰다. 보석의 소원이 이루어지는 순간이었다. 신부의 등장에 맞춰 보석이 손전등을 켜자 실내가 좀 더 환해졌다. 양지가 한 살림 차려진 아지트를 바라보며 놀라는 표정을 지었다. 양지는 오늘 처음으로 화장을 했다. 반짝이 립스틱을 바른 양지 입술이 예뻤다.

참빗으로 가르마를 탄 성배가 보자기를 망토처럼 두르고 양지와 보석 가운데에 섰다. 양지가 보석의 바가지 머리를 보곤 입을 틀어막으며 큭, 터져 나오려는 웃음을 참았다. 보석은 잠시 미용사를 원망했다. 내 이럴 줄 알았다니까. 외상이라고 성의 없이 잘라 준 거 아니야? 손님 차별하는 거야, 뭐야.

양지가 성배를 바라보며 감탄했다.

"멋지다! 성배."

성배의 입가에 미소가 피어올랐다. 여자들이 이렇게 날 좋아하다니. 날마다 오늘 같다면 얼마나 좋을까.

곧바로 보석이 연습시킨 대로 성배의 주례사가 시작되었다.

"내가 성배, 성자, 설렁 이름으로……."

성배가 보석과 연습한 구절을 곰곰이 떠올렸다.

"설렁 이름으로……."

보석이 노려보자 성배가 다시 말을 이었다.

"이 결혼을 허락하노라. 끄읕."

양지가 두 손을 모아 기도했다.

"아멘."

결혼식 129

보석은 화가 치밀었다.

"야, 내가 써 준 거 어쨌어? 그대로 안 읽어?"

"안 해. 나, 글씨 몰라."

성배가 창피한 듯 고개를 숙였다. 양지가 성배의 어깨를 다독여 주었다. 하는 수 없다는 듯 보석이 다음 순서로 넘어갔다. 보석이 양지에게 성냥을 내밀자 양지가 초코파이에 꽂힌 초에 불을 붙였다.

"축가는?"

보석이 성배에게 눈짓했다.

"연습한 거 잘 부를 수 있지?"

성배가 끄덕이고 나서 목을 가다듬었다. 그러곤 생각이 안 난다는 듯 고개를 갸우뚱했다. 보석이 재촉했다.

"빨리 안 해?"

성배가 노래를 시작했다.

"생일 추카~, 아니다."

성배가 고개를 젓자 보석이 눈을 부릅떠 가며 말했다.

"똑바로 안 할래?"

"결혼 추카합니다~."

성배가 다시금 고개를 갸우뚱하며 자신 없다는 듯 곧바로 포기 선언을 했다.

"아, 몰라."

보석이 성배를 노려봤다.

"돌대가리……."

미안해진 성배가 갑자기 춤을 추기 시작했다. 양지는 배꼽을 잡고 깔깔댔다. 보석은 성배를 노려보며 씩씩댔다. 성배가 손을 내밀었다.

"그냥 뽀뽀해. 땃지, 구슬 내놔."

성배가 자신의 누더기 곰 인형을 집어 들었다. 보석이 양지의 볼에 입 맞추고 나서 반지를 끼워 주었다. 문방구에서 파는 플라스틱 꽃반지였다. 양지가 좋아하며 초코파이에 꽂은 촛불을 입으로 훅, 불어 껐다. 성배가 시간을 끄는 바람에 몽당 촛불이 되어 버렸다.

보석이 양지에게 점잖게 충고했다.

"넌 몸이 약하니까 아기 가질 생각은 마."

양지가 성배의 누더기 곰 인형을 바라봤다.

"입양은 괜찮겠지?"

성배가 곰 인형을 뺏길까 봐 뒤로 감추었다. 그러나 잠시 고민하다 인형을 도로 내밀었다.

"곰순이를 부탁해. 아이에겐, 엄마, 있어야 돼."

성배의 눈에 이슬이 맺혔다. 양지가 곰 인형을 받아 들며 좋아했다.

"결혼하자마자 아이가 생겼네."

양지가 곰 인형을 꼭 안아 주었다. 보석이 제안했다.

"그럼 입양식도 같이 할까?"

결혼식　131

양지가 고개를 끄덕이곤 한 손을 들어 선서를 시작했다.

"때리지 말자."

보석이 한 손을 들고 두 번째로 선서했다.

"굶기지 말자."

성배가 세 번째로 덧붙였다.

"놀아 주자!"

펑! 성배가 폭죽을 터뜨렸다. 폭죽만큼은 제대로 터뜨려 주었다. 폭죽 소리에 양지가 환호했다.

신혼여행

휴일이었다. 보석과 양지는 대성리행 기차에 몸을 실었다. 양지의 앞자리에는 성배가 앉아 있었다. 양지와 성배가 마주 보고 쎄쎄쎄를 했다.

"푸우하느~으으나수~하야 쪼배에~키득키득."

성배가 예의 혀짤배기소리로 노래를 하며 연신 웃어 댔다. 양지도 따라 웃었다. 둘이 아주 죽이 착착 잘 맞았다. 보석이 유치하다는 듯 둘을 째려보고 나서 창밖의 풍경을 감상했다. 나무가 획획 지나갔다. 숲이 지나갔다. 태양에 반사되어 반짝이는 강물이 눈앞에 눈부시게 펼쳐졌다.

"멋지다!"

양지의 입에서 십팔번 감탄사가 흘러나왔다. 보석도 입이 절로 벌어졌다. 보석은 즐거워하는 표정을 들키지 않으려고 일부러 입을 가리며 웃었다. 결혼하자마자 채신머리없이 히죽거리는 모습을 보이는 신랑은 되기 싫었다. 자존심 없어 보이니까.

김밥, 호두과자, 삶은 계란, 음료수를 실은 간식 차가 보석의 자리를 지나갔다. 보석이 삶은 계란과 사이다 캔을 사서 성배와 양지에게 나눠 주었다. 성배가 삶은 계란을 자기 이마에 갖다 대고 세게 쳤다. 계란 껍질이 단번에 깨졌다.

"돌대가리……."

보석이 성배를 밉지 않게 흘겨보곤 창틀에 계란을 내리쳐 껍질을 깼다. 그러곤 껍질을 까서 양지에게 내밀었다. 계란 위에 흰 소금을 뿌려 주는 것도 잊지 않았다. 계란을 받아 든 양지가 수줍게 오물오물 먹기 시작했다. 보석이 사이다 캔을 따서 양지에게 내밀었다. 양지가 받아 들며 흡족한 표정을 짓곤 한 모금 들이켰다. 기차가 어느새 셋을 강가로 실어 날랐다.

양지와 보석과 성배 앞에 모래사장이 펼쳐졌다. 돛단배가 강물 위를 두둥실 흘러갔다. 셋은 새로운 세상을 만난 듯 눈이 휘둥그레졌다. 양지가 소리쳤다.

"야호!"

태어나서 처음으로 불러 보는 단어처럼, 양지가 온 힘을 다해 외쳤다.

"여기가 산이냐?"

보석이 양지에게 입술을 삐죽이고는 젖 먹던 힘을 다해 외쳤다.

"아빠~!"

성배도 목이 쉬어라 소리쳤다.

"배고파!"

양지가 맨발로 강가를 달리기 시작했다. 보석과 성배도 양지를 따라 달렸다. 양지가 잠시 멈추어 서더니 태양을 올려다봤다. 태양과의 눈싸움에서 지지 않겠다는 듯 한동안 쏘아봤다. 양지가 다시 달렸다. 새처럼 가볍고 바람처럼 빨랐다.

보석도 양지에게 지지 않으려고 속력을 냈다. 어느새 양지를 따라잡은 보석이 양지의 손을 잡았다. 양지가 보석을 보며 배시시 웃었다. 둘은 손을 잡고 나란히 강가를 달렸다.

뒤에서 헉헉대며 따라오던 성배가 부아가 난 듯 보석을 덮쳐 쓰러뜨렸다. 보석이 넘어지면서 양지의 발을 걸어 함께 쓰러졌다. 셋은 넘어진 채 한 묶음으로 모래 위를 뒹굴었다. 보석이 낄낄댔다. 양지가 깔깔댔다. 성배가 "아야~" 하며 엄살을 떨었다.

양지가 일어서서 강으로 달려갔다. 보석과 성배도 따라갔다. 강으로 첨벙 뛰어들고 싶었지만 날씨 때문에 엄두가 나질 않았다. 대신 양지가 손에 강물을 담아 보석에게 튀기기 시작했다.

"앗 차가워, 꺄악! 컥!"

셋의 비명이 한데 섞였다. 셋은 소리를 지르며 서로에게 물을 튀겨 댔다. 셋은 필사적으로 서로의 온몸을 적셔 가며 즐거워했다. 성배의 누런 바지가, 양지의 꽃무늬 치마가, 보석의 줄무늬 바지

신혼여행 135

가 강물에 젖어 들기 시작했다.

셋은 모래 위에 누웠다. 하늘에서 햇살이 쏟아져 내리고 있었다. 셋의 몸 위에 햇살이 우수수 떨어져 내렸다. 양지의 입가에 미소가 떠올랐다. 보석은 햇살을 받아 환하게 빛나는 양지의 얼굴을 눈이 부신 듯 바라보았다.

"아무래도 태어나길 잘한 거 같아. 안 태어났으면 못 볼 뻔했잖아. 하늘도, 노을도, 강물도."

양지가 보석을 바라보면서 수줍게 배시시 웃고는 덧붙였다.

"보석이 너도……."

보석의 가슴이 뛰었다. 이럴 때를 대비해 휘파람 부는 법을 배워 둘 걸 그랬나 보다. 지금 한번 멋지게 불어 보게 말이다. 그럼 기분이 더 근사해질 텐데.

어느덧 석양이 대성리의 강가를 비추었다. 날마다 보석의 달동네에 내려앉던 바로 그 석양이지만, 오늘따라 다른 석양처럼 느껴졌다. 더 감동적이었다. 저 멀리 통기타 소리와 함께 노랫소리가 들려오면서 강가에 울려 퍼졌다. 엠티 온 대학생들이 기타를 치며 송창식의 노래 〈푸르른 날〉을 애타게 불러 댔다.

강가 한구석에는 누군가 피워 놓은 모닥불이 꺼져 가고 있었다. 셋은 약속이나 한 듯 조르르 모닥불 앞에 모여들었다. 셋의 조촐한 파티가 시작되었다. 오는 길에 슈퍼에 들러 음료수, 과자를 사 오길 잘했다. 셋은 신나게 파티를 하며 과자로 저녁을 대신했다.

사랑하는 사람과 함께여서인가? 과자만으로도 배가 불렀다. 그런데 아차, 중요한 걸 잊었다. 성배가 슈퍼에서 과자를 잔뜩 고르면서 보석의 정신을 쏙 빼놓는 바람에 돌아갈 차비를 남겨 놓는 걸 깜박해 버린 것이다. 어떡하지? 일단 기차부터 타고 볼까? 그런데 놀이공원에서처럼 쫓겨나면?

순간 성배가 모래 위에 털썩 누우며 양지에게 팔베개를 해 달라고 졸랐다. 양지가 성배 옆에 누워 팔베개를 해 주자 보석은 차비 걱정은 뒤로하고 양지 옆에 누웠다. 보석과 성배가 양지를 가운데 두고서 양팔을 베고 누웠다. 보석은 양지를 자기 쪽으로 돌려 팔베개를 독점해 버렸다. 양지는 잠이 오는지 스르르 눈을 감았다. 성배는 이미 세상모르고 자고 있었다. 보석에게 팔베개를 뺏긴 것도 모른 채. 잠든 양지를 바라보다가 보석도 잠이 들었다.

새까만 하늘에 점처럼 박혀 있는 별들이 빛났다. 양지는 잠에서 깨어 밤하늘의 별을 바라봤다. 별똥별 하나가 빠른 속도로 떨어졌다. 모닥불이 꺼졌다. 까무룩, 양지의 눈이 다시 감겼다.

"너희들 여기서 뭐 하니?"

얼마나 잤을까? 낯선 사내의 목소리에 보석과 양지와 성배가 단잠에서 깨어났다. 셋은 게슴츠레한 눈으로 사내를 올려다봤다. 엠티 온 대학생 형이 걱정스러운 표정으로 서 있었다. 대학생 형은 카메라를 어깨에 메고 있었다. 성배가 벌떡 일어나더니 옆에 놓인 빈 깡통을 집어 들었다.

"우리 신혼여행 왔써."

대학생 형이 피식 웃었다.

"너희 셋이서?"

성배가 양지 대신 나서서 고개를 끄덕였다.

"응."

"집에 안 가?"

성배가 잠결에도 직업의식이 발동한 듯 대학생 형에게 깡통을 내밀었다.

"형, 돈 이써? 업쓰면 땃지도 받아."

성배가 졸린 눈을 비벼 가며 물었다. 오늘따라 성배가 저렇게 기특해 보일 수가 없었다. 대학생 형이 주머니에서 차비를 꺼내 보석에게 건네주었다.

"기차 끊기기 전에 얼른 가. 부모님 걱정하신다."

보석이 두 손으로 공손하게 차비를 받아 들며 말했다.

"서울 가서 꼭 갚을게요."

성배가 대학생 형의 팔을 붙잡고 물었다.

"땃지도 받아?"

"됐으니까 어서 가."

"아니에요. 주소 적어 주세요. 꼭 갚을게요."

보석의 단호함에 대학생 형이 풋, 웃으며 주소를 적어 주곤 양지를 바라봤다.

"네가 신부니?"

성배가 고개를 끄덕였다.

"응."

보석이 성배를 밀어젖히며 나섰다.

"신랑은 저예요."

대학생 형이 양지의 얼굴을 바라보았다.

"예쁘게 생겼구나."

양지가 부끄러움에 고개를 숙였다. 보석은 양지의 입가에 살짝 떠오르는 미소를 놓치지 않았다. 보석의 마음속에 질투의 불꽃이 일었다.

대학생 형이 양지에게 다정하게 물었다.

"이름이 뭐니?"

양지가 고개를 들지 못하고 기어들어 가는 목소리를 냈다.

"양지……."

"뭐?"

양지가 그제야 고개를 들고 답했다.

"양지요."

양지가 대학생 형을 보며 배시시 웃었다. 보석은 기가 막힌단 표정으로 대학생과 양지를 번갈아 노려봤다.

"양지. 이름도 예쁘네. 사진 찍어 줄까?"

"됐거든요. 아까 많이 찍었어요."

신혼여행   139

보석은 대학생 형의 등을 떠밀며 거절했다.

"어서 가 보세요. 누나들 기다리잖아요."

양지가 원망스러운 눈초리로 보석을 노려보았다.

"아까 언제 찍었어?"

보석은 하는 수 없다는 듯 대학생 형에게 부탁했다.

"그럼 한 장 찍어 주시든가요."

보석과 양지와 성배가 카메라 앞에서 포즈를 취했다. 다들 어색했다. 대학생 형이 양지에게 다가와 앞머리를 넘겨 주었다. 양지의 얼굴이 모닥불처럼 활활 달아올랐다. 좀 전에 보석의 마음속에 피어올랐던 질투의 불꽃도 훨훨 타올랐다. 보석이 빨개진 양지의 양 볼을 째려봤다. 이게 점점?

대학생 형이 외쳤다.

"하나, 둘, 셋!"

펑! 카메라의 플래시가 화려하게 터졌다. 그러더니 곧이어 사진기 밑으로 사진이 미끄러지듯 빠져나왔다. 아, 이게 말로만 듣던 폴라로이드 카메라인가 보았다. 대학생 형이 사진을 양지에게 건넸다. 사진을 건네받는 양지의 손끝이 가볍게 떨렸다.

"감사합니다."

"그럼 잘 가."

대학생 형이 드디어 사라져 갔다. 양지가 대학생 형의 뒷모습을 아쉽게 바라봤다. 보석이 야속한 듯 양지를 노려봤다. 그러곤 양지의 손에서 거칠게 사진을 뺏었다.

"이게 뭐야? 아무것도 없네."

잠시 후 보석이 들고 있던 사진에서 셋의 모습이 서서히 드러났다. 셋은 머리를 맞대고 신기한 듯 사진을 바라봤다. 성배가 입을 헤벌렸다. 양지가 감탄사를 내뱉었다.

"와! 멋지다!"

후드득 하늘에서 갑자기 빗방울이 떨어지기 시작했다. 톡, 사진 위로 빗방울 하나가 떨어졌다. 보석은 서둘러 사진을 주머니 안에 집어넣었다.

보석과 양지와 성배는 강가를 벗어나 달리기 시작했다. 셋은 민박촌, 여인숙, 여관, 휘황찬란한 모텔 간판을 지나 기차역을 향해 쌩쌩 달렸다. 빗방울이 어느새 소나기로 변하고 있었다.

보석이 걱정스레 물었다.

"그 사람이 또 널 가두고 자물쇠로 잠가 놓으면 어떡하지?"

"괜찮아. 초저녁에 곯아떨어지니까 언제 들어왔는지 모를 거야."

양지는 '맞아 죽기밖에 더하겠어'라는 말을 차마 덧붙이지 못했다.

모텔촌에서 따뜻한 불빛이 새어 나왔다. 양지가 한 러브모텔의 간판을 바라봤다. 간판엔 '물침대 완비'라고 써져 있었다. 양지의 입술이 파래졌다. 보석은 점퍼를 벗어 양지의 어깨에 덮어 주었다.

신혼여행 141

"언젠간 저런 데서 재워 줄게. 꼭."

*　*　*

보석의 엄마가 파김치가 되어 집으로 들어섰다. 방으로 들어가
려다 말고 엄마가 쌀통을 열어 보며 고개를 갸웃했다. 언제 이렇
게 쌀이 줄었담? 설마 한집에 도둑이? 얼마 전 진미도 빨랫줄에
널어놓은 속옷을 잃어버렸다며 분명 한집 사는 사람의 소행일 거
라 했는데. 요즘 왜 이렇게 도둑이 기승을 부리나. 안 그래도 먹고
살기 힘들어 죽겠는데.

엄마는 행여 보석이 깰까 봐 살금살금 방문을 열고 들어섰다. 아
직 보석의 부재를 모르는 탓에 어둠 속에서 화장대 앞에 앉아 화
장을 지웠다. 엄마는 그제야 앉은뱅이책상 위에 놓인 메모지를 발
견했다. 엄마가 벌떡 일어나 형광등을 켰다. 엄마는 이불만 깔려
있는 방을 둘러보며 보석의 부재를 확인했다. 엄마가 메모지를 읽
어 내려갔다.

엄마, 오늘 도장 아저씨 방에서 잘게요.
오늘따라 혼자 자는 게 무서워서요.

이상한 낌새를 느낀 엄마는 보석의 책상 서랍을 뒤지기 시작했

다. 서랍 안엔 빈 화장품 병과 향수병들이 가지런히 놓여 있었다. 엄마는 어이가 없다는 표정으로 화장품 병들을 바라보았다. 그러다 서랍 한 귀퉁이에서 찢어진 돼지저금통을 찾아냈다. 저금통 안에는 한 푼도 남아 있지 않았다. 화가 머리끝까지 난 엄마는 방을 나서서 한달음에 도장 파는 사내의 방문 앞에 가서 섰다. 하지만 엄마는 노크를 하려던 주먹을 도로 내렸다. 그러곤 다시 주먹을 쥐었다간 또 내렸다. 당장 보석을 끌어내고 싶었지만 차마 사내의 방문을 두드릴 용기가 나질 않았다. 그랬다간 한밤중에 사글셋방 사람들이 깰 것이고, 어쩌면 엉뚱한 오해를 살지도 몰랐다.

엄마는 발걸음을 되돌렸다. 그러곤 마당에 서서 새벽하늘을 올려다보았다. 엄마는 눈을 감은 채 찬 공기를 깊게 들이마셨다. 후드득, 엄마의 얼굴 위로 빗방울이 떨어졌다.

팝콘 소년과 베이컨 소녀

엄마가 밤새 잠을 설쳐 허옇게 뜬 얼굴로 대문을 나섰다. 그러곤 길모퉁이를 돌아 나갔다. 엄마가 골목을 빠져나가는 것을 전봇대 뒤에 숨어 확인하고서야 보석이 대문 안으로 들어섰다. 어젯밤 막차를 타고 집으로 돌아온 보석은 엄마에게 남긴 메모대로 도장 파는 사내 방에 기어들어 가 잤다. 그리고 하교 후 일부러 집 밖에서 시간을 끌었다. 시간이 지나면 엄마의 화가 조금은 누그러질 것이고, 그러면 조금만 혼나도 될 테니까. 그런데 양지는? 양지는 괜찮을까?

보석이 마당을 가로질러 슬그머니 방으로 향했다. 순간 이제 막 멋지게 차려입고 방을 나서는 애숙과 마주쳤다. 오늘은 아무도 마주치고 싶지 않았는데.

애숙이 호들갑스럽게 물었다.

144

"이게 누구야? 우리 애인 아냐? 요즘 왜 이렇게 얼굴 보기가 힘들어?"

보석은 시큰둥하게 답했다.

"그러게."

"내 방에 놀러 와. 화장품 빈 병 많이 모아 놨어."

"응."

보석은 건성으로 대답하곤 후다닥 방으로 들어갔다. 애숙이 보석의 등에 대고 소리쳤다.

"보석아, 조심해! 니네 엄마, 화 많이 났어. 걸리면 단단히 혼꾸멍내 준대!"

애숙은 대문 앞에 미리 나와 기다리고 있는 도장 파는 사내의 팔짱을 끼고는 달동네를 내려갔다. 몰래 데이트를 하려면 저 멀리 동네 밖에서 만날 것이지 대문 밖이 뭐람. 쩨쩨하게. 차 버린 이불도 안 덮어 줄 때 다 알아봤다. 보석은 입술을 삐죽이며 방으로 들어갔다.

보석이 냉장고를 열었다. 화났다면서 웬일로 소시지케첩볶음이 다 있었다. 보석은 손으로 소시지를 집어 한입에 쏙 넣었다. 맛있었다. 보석은 소시지를 하나 더 집어 먹었다. 캑, 소시지가 목구멍에 걸렸다. 양지 생각에.

하늘이 꾸물거리더니 금세 비가 오기 시작했다. 보석은 빈 그릇을 설거지통에 넣고 나서 우산을 찾았다. 양지와 아지트에서 만나

팝콘 소년과 베이컨 소녀   145

기로 했는데 비를 맞고 갈 순 없었다.

아지트 밖엔 비가 오고 안엔 비가 새고 있었다. 보석과 양지는 머리에 바가지를 하나씩 뒤집어쓰고 방석 위에 나란히 앉았다. 겹겹이 쌓아 침대처럼 폭신하게 만든 방석 위에.

보석과 양지가 쓴 바가지 위로 빗물이 떨어졌다. 빗물은 일정한 속도와 리듬을 가지고 통통 소리를 내면서 떨어졌다.

양지가 콧물을 훌쩍이며 조심스레 물었다.

"나랑 결혼한 거 후회 안 할 자신 있어?"

"그런 말을 뭐 하러 해. 우린 부부잖아."

"나중에 맘 변하지 않는 거다?"

"왜 쓸데없는 걱정을 해? 네 살이 불판 위의 삼겹살처럼 쪼그라들어서 그래?"

양지가 끔찍한 표정을 짓고는 맞장구쳤다.

"으으…… 바로 그거야."

"네 살이 다 타 버린 삼겹살이 돼도 널 버리지 않을게."

양지가 새끼손가락을 내밀었다.

"약속해 줘."

보석은 양지가 내민 손가락에 자신의 새끼손가락을 걸었다.

"약속."

보석은 성냥을 켜서 촛대에 꽂혀 있는 초에 불을 붙였다.

아빠, 그 애가 병에 걸린 걸 알았을 때 제일 먼저 떠오른 생각은 그 애랑 결혼해야겠다는 거였어요.

보석은 눈빛이 촉촉해진 채 양지를 바라보며 말했다.

"결혼해 줘서 고마워, 삼겹살. 싫다 그럴까 봐 겁났거든."

"누가 할 소리. 난 부탁 같은 거 받아 본 적이 없어, 뻥튀기. 그래서 거절이 뭔지 몰라."

"뻥튀기?"

"그래. 뻥튀기. 넌 순 뻥쟁이야. 거짓말쟁이 소설가 양반."

둘은 누더기 담요를 뒤집어쓰고 키득댔다.

"그런데 날 베이컨으로 불러 주면 안 될까? 그편이 삼겹살보단 더 듣기 좋을 것 같아. 강요하는 건 아니고……."

양지가 쑥스러운 듯 말끝을 흐렸다. 보석이 잠시 생각하더니 말했다.

"그럼 나도 팝콘이라고 불러 줘. 뻥튀기보다 맛있잖아."

"팝콘? 와, 멋지다!"

보석이 노래하듯 말했다.

"팝콘과 베이컨이 나란히 앉아 있네."

"맛있겠다. 큭."

양지의 코에서 콧물이 주르르 흘러내렸다.

달동네에 겨울이 찾아왔다. 한겨울 추운 날씨로 인해 다가구주택에 하나뿐인 수도가 얼어붙고 말았다.

주인 할머니가 하루 중 가장 늦게 수돗물을 사용하는 사람이 수도꼭지를 끝까지 잠그지 말고 한 방울씩 떨어지게끔 해 달라고 그렇게 당부를 했건만, 누군가 까먹고 밤사이 수도꼭지를 꽉 잠가 버린 것이다.

주인 할머니가 아침부터 마당에 나와 큰 소리로 범인이 누구냐고 물었으나 아무도 자수하지 않았다. 다들 자신이 범인인지에 대한 확신이 없었기 때문이다.

전날 밤 회식에서 술을 마시고 귀가한 신혼의 신랑은 자신이 수도꼭지를 마지막으로 잠갔는지 조금 틀어 놨는지 기억이 나지 않았다. 애숙은 자신인 것도 같았지만 가장 늦게 들어온 것은 아니었기 때문에 자신이 없었다. 진미라면 자신이 했어도 아니라고 말했을 것이다. 그간 주인 할머니에게 서운한 감정이 많았으니까.

신혼의 신랑은 세수도 못 한 채 출근했다. 대신 아침은 굶지 않을 수 있었다. 전날 신부가 미리 만들어 놓은 콩나물국이 있었기 때문이다. 그러나 다음 출근자인 진미가 문제였다. 마당으로 나온 진미는 발을 동동 굴렀다. 세수는커녕 이빨도 못 닦고 출근하게 생겼다면서 대중목욕탕을 다녀오기에도 늦었다고 투덜댔다.

주인 할머니의 계속되는 잔소리로 인해 아침잠을 조금 더 자려고 했던 애숙의 방문이 벌컥 열렸다. 애숙은 자신의 드라이기를 가지고 나왔다. 드라이기의 전선 줄은 마당의 수도까지 닿기엔 길이가 모자랐다. 진미가 다가구주택의 방마다 돌아다니며 여분의 콘센트를 걷어 왔다. 도장 파는 사내는 전선 줄이 달린 콘센트 서너 개를 연결하여 자신의 방으로 갖고 들어갔다. 사내의 방은 마당의 수도꼭지와 제일 가까운 거리에 있었다. 사내가 자신의 방에 연결된 콘센트에 플러그를 꽂고는 드라이기를 수도꼭지에 대고 틀었다. 위잉~ 뜨거운 바람이 나왔다. 모두가 한마음이 되어 간절한 눈빛으로 수도꼭지를 바라보았다. 잠시 후 애숙이 조심스레 수도꼭지를 돌리자 수돗물이 한 방울씩 똑똑 떨어지기 시작했다. 진미가 수도꼭지를 조금 더 돌리자 이번엔 수돗물이 평상시와 다름없이 콸콸 나왔다.

마당에 나와 있던 사글셋방 동지들이 일제히 환호를 질렀다. 진미가 애숙에게 다가가 하이파이브를 청했다. 둘의 손바닥이 허공에서 만나 짝! 하고 경쾌한 소리를 냈다. 두 사람은 서로를 바라보며 윙크를 한 뒤 각자 자기 자리로 돌아갔다.

한바탕 출근 전쟁을 치르고 나자 보석이 수돗가에서 세수를 했고, 주인 할머니도 수돗가로 나와 머리를 감기 시작했다.

주인 할머니는 눈을 감은 채 머리에 샴푸를 발라 거품을 냈다. 그러곤 손을 뻗어 바가지를 찾았다. 아무리 뻗어도 바가지가 손에 안 잡히자 주인 할머니가 투덜댔다. 바가지를 찾는 시간이 길어질

수록 주인 할머니의 눈도 점점 매워져 갔다.

"바가지에 발이 달렸나. 툭하면 없어져. 내 이놈의 바가지, 다신 사나 봐라."

보석의 눈엔 주인 할머니의 모습이 들어오지 않았다. 행동도 들어오지 않았다. 보석은 요즘 무얼 보아도 제대로 보이지 않았다. 누가 말하는 걸 들어도 똑바로 들리지 않았다. 양지와 관계된 일 말고는.

"보석아, 너 바가지 못 봤니?"

안 들린다니까요. 세수를 마친 보석이 방으로 쏙 들어갔다.

무슨 바람이 불었는지 엄마가 아침밥을 짓고 있었다. 보석은 엄마의 화장대로 가 서랍을 뒤졌다. 그러고는 감기약을 찾았다. 보석은 서랍 깊숙한 곳에서 그동안 아빠에게 써 온 편지들을 발견했다. 모두 겉봉이 뜯긴 채로 편지가 그대로 들어 있었다.

"……."

밥상을 들고 들어온 엄마가 안색이 하얗게 변한 보석을 바라봤다. 엄마는 밥상을 내려놓으며 슬그머니 보석의 눈치를 살폈다.

"왜 그래?"

보석은 대답 대신 엄마를 노려봤다.

"아, 편지 뜯어봤다고 그래? 뻥 치는 건 지 아빨 꼭 닮아 가지고."

보석은 부들부들 떨며 엄마를 계속 노려보았다.

"이놈이 뭘 잘했다고 노려봐? 비행사? 카사노바? 결혼? 너 요새 무슨 짓거릴 하고 싸돌아다니는 거야?"

보석이 소리를 지르며 대들기 시작했다.

"왜 남의 걸 훔쳐봐?"

"뭐, 남? 다시 말해 봐."

"왜 남의 걸 훔쳐봐!"

찰싹! 엄마가 보석의 뺨을 때렸다.

"다시 말해 봐!"

보석이 발악하며 대들었다.

"귀가 먹었어? 왜 남의 편지를 훔쳐보냐고!"

찰싹! 엄마가 보석의 뺨을 다시 때렸다.

"다시 말해!"

보석이 핏발 선 눈으로 엄마를 째려보며 소리쳤다.

"왜 남의 편지를 훔쳐보냐고! 이 도둑아!"

엄마가 보석의 등을 사정없이 밀쳤다.

"나쁜 새끼, 나가 버려!"

보석은 밥상을 힘껏 발로 찼다. 밥상이 뒤집어졌다. 김이 모락모락 나는 흰 쌀밥이, 미역국이, 조기가 방바닥에 팽개쳐졌다.

"이놈이, 어디서 밥상을 차?"

보석이 악을 썼다. 볼에 두 줄기 눈물을 단 채.

"누가 밥 차려 달래!"

팝콘 소년과 베이컨 소녀　151

보석이 방문을 박차고 뛰쳐나갔다. 엄마는 그 자리에 주저앉아 신세타령을 시작했다.

"내가 누구 때문에 재혼 안 하고 이 고생인 줄 알아? 혼자 북 치고 장구 치는 꼬락서니가 불쌍해서 그냥 놔뒀더니……."

엄마의 눈에서 눈물이 떨어졌다.

"지 생일이라고 기껏 차려 왔더니만……."

방바닥에 흩어져 있는 밥알과 미역을 보자 엄마의 서러움이 더욱 치솟았다. 엄마는 방바닥에 주저앉아 아이처럼 엉엉 울기 시작했다.

"보석 아빠……."

그날, 보석의 엄마가 뱃속에 생긴 아이에 대해 고백하려던 날, 보석의 아빠는 뒤늦은 신혼여행을 준비한 사실을 고백하려 했다. 결혼식을 올리고도 형편이 어려워 떠나지 못했던 신혼여행이었다. 그러나 아빠는 끝내 귀가하지 못했다. 어이없는 사고를 당했기 때문이다.

그날, 보석의 아빠는 퇴근 후 평소엔 다니지도 않던 지름길로 들어섰다. 집에 빨리 도착하기 위해서였다. 지름길은 내리막길이었다. 폐지가 잔뜩 실린 리어카 한 대가 내리막길을 홀로 질주해 오고 있었다. 미친 속도로 달리던 리어카는 걷고 있던 보석 아빠를 그대로 들이받았다. 미처 피할 새도 없었다. 리어카는 마치 하늘에서 뚝 떨어진 것 같았다.

리어카 안에 있던 폐지가 사방으로 흩어졌다. 하늘에서 총천연색 눈발이 떨어져 내리는 것 같았다. 뒤늦게 달려온 할머니가 구급차에 실려 가는 보석 아빠를 쫓아갔다. 내리막길에서 균형을 잃어 손잡이를 놓쳤다고 했다. 할머니는 죽을죄를 지었다며 흐느껴 울었다. 그날따라 폐지가 많이 모여 욕심을 냈다고.

남편의 주머니에서 제주도행 비행기 티켓이 나왔다. 티켓이 담긴 봉투엔 신혼여행 선물이라고 적혀 있었다.

둘은 뒤늦은 신혼여행을 뱃속의 아이와 함께 갈 수도 있었다. 그동안 한 번도 타보지 못했던 비행기를 타고서 말이다. 아아, 사랑하는 사람하고 비행기 한번 타 보는 게 소원이었는데.

제주도행 비행기 티켓은 남편의 유품이 되었다.

여보……. 티켓에 얼굴을 파묻고 보석 엄마는 오래도록 울었다.

남편은 평소 입버릇처럼 하던 말이 있었다. 아이가 생기면 보석처럼 돌보자는 말이었다. 그래서 보석의 엄마는 아이의 이름을 보석이라 지었다. 보석을 낳고서 남편 몫까지 두 배로 잘 키우리라 결심했지만, 결심에 대한 확신은 없었다. 자신도 없었다.

보석의 엄마는 식당일을 시작했다. 뱃속에 아이가 있는 동안만큼은 잘 먹어야 했는데 직장이 식당인데도 식욕이 생기질 않았다.

보석은 저체중으로 태어났다. 보석의 엄마는 보석이 작게 태어난 것에 대해 늘 미안했고 책임감을 느꼈다.

이제 두 배로 잘 키워야겠다는 결심 같은 건 접어야겠어. 열 배로 힘드니까.

울음을 그친 보석 엄마는 보석이 발로 차고 나간 밥상을 치우기 시작했다.

***

"거짓말할래?"

찰싹!

"자꾸 거짓말만 할래?"

찰싹! 찰싹!

양지가 아지트에서 마론 인형의 엉덩이를 때리고 있었다.

"안 때리려 했는데 오늘은 엄마도 도저히 못 참겠어."

양지가 미친 듯이 소리 지르며 마론 인형을 때렸다.

"몸가짐을 똑바로 하랬지? 얼마나 맞아야 정신 차릴래?"

속옷 차림의 마론 인형은 눈물 한 방울 흘리지 않고 양지의 매를 견디고 있었다. 아지트엔 여기저기서 주워 온 누더기 인형들이 어느새 늘어났다. 양지가 누더기 인형들에게 고함을 질렀다.

"조용히 해! 너희들도 맞고 싶어?"

순간 개구멍이 들썩였다. 보석이 개구멍을 통해 아지트로 들어섰다. 보석은 넋이 나간 채 인형을 때리고 있는 양지에게 달려갔다.

154

"양지야! 왜 그래?"

보석이 마론 인형을 빼앗아 한쪽에 내려놓고 나서 양지를 진정시켰다. 양지가 고통스럽게 기침을 했다. 양지의 얼굴은 백지처럼 하얬다.

"무슨 일이야? 응?"

양지가 촛대 아래 놓아둔 손목시계를 쳐다보며 화들짝 놀라 일어섰다. 보석이 백일장에서 부상으로 받아 선물한 손목시계였다. 양지는 아버지에게 도둑년이란 소리를 듣고 실컷 얻어맞고 난 뒤 이곳에 손목시계를 갖다 놓았다. 서둘러 입구로 향하는 양지에게 보석이 물었다.

"어디 가?"

"그 사람 저녁 차려 줄 시간이야."

보석이 기가 막혀서 양지의 어깨를 붙잡고 흔들었다. 양지 어깨가 누더기 인형의 팔처럼 팔랑팔랑 흔들렸다.

"그 악마 걱정을 왜 해!"

"그래도…… 하나밖에 없는 부모잖아."

피식, 양지가 씁쓸히 웃었다.

"알고 보면 불쌍한 사람이야. 같이 기도해 줄래?"

"난 그딴 거 안 해! 그깟 하느님 1분 1초도 믿기 싫어! 하느님은 우리 편이 아냐! 바보 븅신아, 아직도 몰라?"

"알아. 그 정돈 나도 안다고!"

양지가 고개를 아래로 떨어뜨렸다. 보석이 양지의 어두운 표정을 보며 굳게 결심했다.

'다신 당신에게 편지 쓰지 않겠어. 어른들 모두, 세상 모두 내 편이 아니야.'

보석은 밤이 되길 기다렸다가 검정고시 학원 앞으로 달려갔다. 보석은 학원 입구에서 윤희를 기다렸다. 수업을 마친 학생들이 밀물처럼 밀려 나왔다. 학원을 나선 윤희가 보석을 발견하고 다가왔다.

"오랜만이네? 그동안 무슨 일 있었어? 왜 이렇게 말랐어? 응?"

보석은 걱정스레 묻는 윤희에게 다짜고짜 말했다.

"누나, 돈 좀 빌려줘."

"왜, 무슨 일 있니?"

"그냥 좀 빌려줘."

"어디다 쓰게?"

"나중에 꼭 말해 줄게. 지금은 묻지 마. 아무것도. 응? 빌려줄 수 있지? 우린 옛날 애인 사이니까."

윤희가 보석을 이끌었다.

"맛있는 거 먹으러 가자. 누나가 사 줄게."

보석은 고개를 저었다. 윤희는 평소와 다른 보석을 걱정스레 바라봤다.

임종

보석이 엄마 몰래 만든 흰죽과 보리차를 가지고 아지트로 들어섰다. 양지가 숨을 가늘게 내쉬며 자고 있었다. 머리맡엔 피를 한 움큼 쏟아 놓은 손수건이 놓여 있었다. 보석이 양지를 흔들어 깨웠다.

"양지야, 일어나."

양지가 힘겹게 눈을 떴다.

"왔구나……."

양지의 목소리는 실처럼 가늘었다.

"일어나 봐, 응? 이거 먹고 병원에 가자."

보석이 양지를 일으켜 앉힌 뒤 죽을 먹였다. 죽을 점퍼 품 안에 넣어 갖고 오길 잘했다. 아직도 따뜻했다.

"맛있다."

죽 한 숟가락을 목구멍으로 채 넘기기도 전에 양지가 감탄하듯 내뱉었다. 제대로 죽을 넘기면서 저런 말을 하면 얄밉지나 않지. 죽을 먹다 말고 양지가 보석을 걱정스럽게 바라봤다.

"너 학교 안 가도 돼? 집에 가서 엄마한테 빌고 학교 가."

"그깟 학교 안 다녀. 이제 네 곁을 떠나지 않을 거야."

"졸업하면 그 사람, 떠나려고 했는데. 그 여자처럼 멋지게 떠나려고 했는데……."

보석은 알고 있었다. 양지가 아빠를 그 사람이라 부르는 것처럼 엄마를 그 여자라고 부른다는 걸. 양지가 더 이상 말을 잇지 못하고 한숨을 내쉬었다.

"어떤 고통은 시간이 지나도 끝나지 않아. 계속해서 이어져."

"양지야, 이제 병원에 가자."

"싫어."

"제발, 응?"

양지가 피 묻은 손수건을 보며 행복한 듯 미소를 지었다.

"하느님이 처음으로 내 기도를 들어주셨어."

보석이 재촉했다.

"빨리! 나 돈 있단 말이야!"

"죽을병에 걸리게 해 달라고 기도했거든. 난 감사해."

"정말 안 갈 거야?"

양지가 고개를 끄덕였다.

"병원에서 아까운 시간을 보내느니 너랑 있는 게 더 좋아."

양지가 보석을 바라보며 배시시 웃었다.

"이 바보야, 지금 웃을 때야? 슬퍼도 웃고 아파도 웃고 병에 걸려도 웃고. 허파에 바람 들어갔어? 이 바보, 븅신, 쪼다, 삼겹살아!"

양지가 피식 웃었다.

"누가 나 때문에 이렇게 화내는 거 처음 봐. 기쁘다."

보석은 마음속으로 두 손을 모아 간절하게 기도했다. 양지 앞에서 기도하는 모습을 보이긴 싫었다.

'하느님, 나 이제부터 하느님 믿을게요. 그러니까 나한테도 잘해 줘요. 네? 양지를 살려 주세요. 제발.'

양지가 보석을 진지하게 바라보며 물었다.

"보석아, 부탁이 있는데 들어줄래?"

"다 말해. 하나도 빼지 말고."

양지가 아지트 안에 있는 누더기 인형들을 바라보며 말했다.

"크리스마스가 되면 선물을 양말에 넣어서 우리 아이들 머리맡에 꼭 놔 줘. 난 크리스마스 선물, 한 번도 못 받아 봤거든."

보석의 코가 시큰해졌다.

"그래, 그럴게."

"그리고 너한테 속인 게 있는데 용서해 줄 거지?"

"그래. 뭐든 용서해 줄게. 무조건 통과야."

임종 159

"나, 실은 열여섯 살이야. 국민학교를 1년 늦게 들어갔는데 3학년 때 아파서 휴학했거든. 속여서 미안해."

"난 나이 많은 여자 좋아해. 전엔 스무 살 이하랑은 사귄 적도 없어. 네가 처음이야, 베이컨."

양지의 입가에 미소가 피어올랐다.

"날 베이컨으로 불러 줘서 고마워. 네가 날 베이컨으로 부르는 게 너무 좋아. 그건 네가 내 말을 존중한단 뜻이잖아."

보석의 코가 다시금 시큰해졌다.

"너 같은 바보는 태어나서 처음 봐."

"이제 학교 갈 거지? 응? 친구가 없다는 건 슬픈 일이야."

보석이 고개를 끄덕였다. 보석의 눈가에 이슬이 맺혔다. 양지가 손을 뻗어 보석의 눈가를 어루만져 주었다.

"울면 안 돼. 벌써 마음 약해지면 안 돼. 앞으론 너 혼자 애들을 돌봐야 한단 말이야. 애들을 길거리로 내몰고 싶어? 그럼 두 번 죽이는 거야."

보석이 애써 눈물을 참아 가며 물었다.

"아무리 힘들어도?"

"아무리 힘들어도."

양지가 고개를 끄덕이며 보석의 손을 꼭 잡았다.

"알아? 넌 이 세상에서 제일 멋지고 잘생긴 내 남편이야. 미안해. 나 같은 건 결혼을 해선 안 되는 건데. 엄마가 되어서도……."

양지가 점점 말하기 힘겨운 듯 호흡이 가빠져 갔다. 보석이 양지를 무릎에 눕히고는 손을 꼭 잡았다.

"넌 나만의 장미야. 그러니까 내 거라고. 알았어?"

양지가 피식 웃으며 고개를 끄덕였다.

"있잖아, 난 죽는 게 무서워⋯⋯."

보석이 양지의 손을 꼭 잡았다.

"걱정 마. 내가 네 임종을 지켜 줄게."

양지가 지난날의 기억을 떠올리며 말했다.

"임종이라니, 참 멋진 단어야. 그렇지 않니?"

양지가 더는 버틸 기운이 없는 듯 눈을 스르르 감았다. 천장 부근에 달린 작은 창문을 통해 아지트 안으로 석양이 들어왔다. 석양이 양지의 얼굴을 비춰 주며 잠시 머무르곤 금세 떠났다.

보석이 아지트 밖으로 뛰쳐나갔다. 약속까지 했는데 양지에게 눈물을 보일 순 없었다.

'난 네가 화장을 안 해도 용서했는데. 나이를 속여도 용서했는데. 스무 살도 안 돼서 죽는 건 용서할 수 없어. 열여섯밖에 안 된 주제에 벌써 죽는 건 용서할 수 없단 말이야!'

보석이 눈물을 참기 위해 이를 악물었다. 눈물을 흘리지 않기 위해 혀를 깨물고, 자신의 뺨을 치고 또 쳤다. 이제 보석은 알고 있었다. 사랑하는 사람이 원치 않는 일이라도 때론 해야만 할 때가 있다는 것을.

위잉 하고 멀리서 사이렌 소리가 들려왔다.

* * *

동산 여기저기에 아침 햇살이 내려앉았다. 새들은 지저귀고 풀잎은 아침 이슬을 머금고 나뭇가지는 살랑거리는 미풍에 흔들렸다. 창고는 며칠째 잠잠하기만 했다. 판자로 가려진 개구멍도 그대로였다. 마치 이제껏 아무도 저 안을 들락거린 일이 없는 것만 같았다.

보석이 아지트에 쪼그린 채 잠들어 있었다. 천장의 작은 창문을 통해 보석의 얼굴 위로 아침 햇살이 내려앉았다. 쨍쨍, 밖에서 지저귀는 새소리에 보석이 잠에서 깨어났다. 양지에게 주었던 백일장 부상 손목시계는 배터리가 다해 멈춘 지 오래건만 새소리만으로도 아침임을 알 수 있었다. 보석이 기지개를 켰다.

어쩌면 여기서 계속 지내도 좋을 거라고, 죽을 때까지 여기서 살아도 좋을 거라고 기지개를 켜면서 보석은 생각했다. 빈 화장품 병에 꽂혀 있는 말라비틀어진 장미 한 송이가 보석의 시선을 피했다. 고개를 떨군 채.

보석은 머릿속으로 혼자만의 단어 연상 놀이를 시작했다.

장미, 양지, 음지, 임종, 약속.

그러나 목이 메어 다음 단어를 대지 못했다. 베이컨, 난 널 지켜

주지도, 너와의 약속을 지키지도 못했어.

***

그날, 양지의 임종을 지켜주겠다고 약속했던 그날, 보석은 잠이 든 양지를 들쳐 업고 아지트 부근의 놀이터로 내려왔다. 양지를 업는 건 힘들지 않았다. 그만큼 양지는 가벼웠으니까. 가벼운 보석보다도 더 말이다. 그리고 구급차가 올 때까지 기다렸다. '우리들의 양지'는 보석과 양지 외엔 누구도 알아선 안 되었으므로.

양지는 보석이 부른 구급차에 실려 병원으로 갔다. 보석은 구급요원에게 양지를 누나라고 했으며, 집에 부모님이 안 계신다고 말했다. 양지의 병은 제때 치료를 받지 못한 탓에 병원에서 손을 쓰기 힘들 정도로 깊어진 상태였다. 심한 영양실조도 양지의 병세를 악화시켰다.

양지는 깨어나자마자 아버지에게 데려다 달라고 했다. 아버지가 걱정할 거라고. 병원에서 양지 아버지에게 연락을 취했으나 그는 오지 않았다. 양지는 병원에 입원하는 대신 집으로 돌려보내졌다. 양지가 집에 돌아간 이후 보석은 학교에서 더 이상 양지를 볼 수 없었다. 양지 아버지가 예전처럼 양지를 휴학시켰기 때문이다. 보석은 매일 밤 양지네 집 앞에서 고양이 울음소리를 냈다. 그런 후 아지트로 가 양지를 기다렸다. 그러나 양지는 아지트에 다시는 나타나지 않았다.

어느 날 양지 아버지가 집에 돌아와 보니 양지는 쥐 죽은 듯 누워 있었다. 아버지는 밥을 차리라며 양지를 발로 찼다. 양지는 계속 누워 있었다. 아버지는 하는 수 없이 혼자 저녁을 차려 먹고 평소처럼 소주 한 병을 다 비운 다음 양지를 다시 발로 찼다. 양지는 꼼짝도 하지 않았다. 그제야 아버지는 양지가 죽었다는 사실을 깨달았다. 그날 아버지는 양지를 때리지 않았다. 양지가 회초리를 가져다줄 수 없었으므로.

양지의 죽음이 학교에 알려진 날, 보석은 학교에서 곧장 '우리들의 양지'로 달려갔다. 집에 갈 수가 없었기 때문이다. 집에 가서는 슬픔을 추스를 방법이 없었다. 잠시 울기 위해 들렀던 아지트에서 며칠이 흘렀다.

이제 양지는 없다. 더 이상 보석의 곁에 없다. 이제 더 이상 양지의 보름달 빵 미소를 볼 수 없다. 목소리도 들을 수 없다. 이제 다시는 양지를 만날 수 없다. 어두운 창고 틈새를 비집고 들어오는 햇살 같았던 아이, 내 편이었던 양지를.

보석은 비로소 양지가 세상을 떠났다는 사실을 절감했다. 끅 하고 목구멍 안에서 참았던 울음이 터져 나왔다. 보석은 마침내 목놓아 울기 시작했다. '우리들의 양지'에서 오래도록. 꺼이꺼이. 처음 들어보는 낯설고도 슬픈 목소리였다. 보석은 자신의 목소리 가운데 이런 종류의 목소리도 있다는 걸 이날 알게 됐다. 야옹 하는 고양이 울음소리 말고도 말이다.

쾅 쾅 쾅.

누군가 밖에서 창고 문을 두드리는 소리가 들려왔다. 보석은 화들짝 놀라 울음을 멈추곤 숨을 죽였다. 며칠째 인기척이라곤 느껴보지 못했으니 그럴 만도 했다.

"여기가 문이야."

귀에 익은 혀 짧은 목소리가 들려왔다.

"어떻게 이 안에 사람이 있다는 거냐."

이어 보석의 귀에 아주 익숙한, 한때는 매일 들었던 목소리가 들려왔다. 목소리의 주인공은 보석의 엄마였다. 보석은 본능적으로 몸을 웅크렸다.

밖에서 한참 소동을 피운 끝에 마침내 창고 문이 부서졌다. 엄마와 윤희가 창고 문을 통해 아지트로 들어섰다. 성배는 개구멍을 통해 들어왔다. 성배가 답답하단 표정을 지으며 보석의 엄마와 윤희에게 타박을 했다.

"아이참, 여기가 문이라니깐."

사색이 된 엄마가 아지트 안을 둘러봤다. 엄마가 아지트에 차려진 살림들과 누더기 인형들, 비쩍 마른 보석을 바라보고 나서 실신하는 데는 채 1분도 걸리지 않았다.

"보석아!"

윤희가 달려와 보석을 껴안았다.

"양지가 죽었어. 누나한텐 말해 주려 했는데……."

보석은 말을 마치자마자 윤희의 품에서 기절했다.

똑똑, 링거액이 떨어지고 있었다. 보석이 병실 침대에 누워 있었다. 꿈도 없는 깊은 잠을 자는지 쌔근쌔근 규칙적으로 숨을 쉬었다. 엄마가 보석의 머리맡에 앉아 있었다. 엄마는 보석의 팔 안으로 한 방울 한 방울 들어가는 링거액을 멍하니 바라봤다. 엄마의 볼에서 눈물이 툭, 떨어졌다. 링거액처럼.

퇴원 후 보석은 경찰과 윤희와 함께 양지네 집으로 향했다. 언젠가 양지에게 아버지를 신고하라고 했더니 양지는 겁에 질린 표정을 지으며 "신고하면 날 죽일 거야" 하고 말했었다. 그런데 양지가 죽은 다음에야 신고를 하게 되다니.

보석은 양지네 집 대문 앞에 도착하자마자 지하 셋방으로 달려갔다. 보석은 경찰이 먼저 열기도 전에 지하 셋방의 문을 와락 열어젖혔다. 지하 셋방은 대낮인데도 한밤중처럼 컴컴했다. 양지 아버지가 어두운 방에서 불도 안 켠 채 안주도 없이 강소주를 마시고 있었다.

보석이 양지 아버지를 노려보며 씩씩댔다.

"살인자! 당신은 살인자야!"

양지 아버지가 우습다는 듯 보석을 보곤 다시 소주를 들이켰다. 경찰이 방 안으로 들어서더니 양지 아버지를 데리고 나왔다.

한낮의 태양이 양지네 집 마당을 비추고 있었다. 방을 나선 양지 아버지가 눈이 부신 듯 미간을 찌푸렸다. 태양이 예외 없이 그의 어두운 얼굴 위에도 빛을 비췄기 때문이다. 순간 양지 아버지는 양지를 떠올렸다. 나에게 때리라고 회초리를 가져다주던 아이. 내게 매를 맞고도 웃었던 아이. 내가 그 아이의 이름을 지어 주었는데.

양지 아버지는 순순히 경찰을 따랐다. 보석이 그 뒤를 따라갔다. 윤희가 걱정스러운 표정으로 보석을 따라나섰다. 경찰과 양지 아버지는 양지네 집과 보석이네 집을 지나 달동네에서 벗어났다. 마침내 사람들이 많이 지나다니는 대로에 이르자 보석이 경찰과 양지 아버지를 따라잡기 위해 속력을 내서 달렸다. 보석은 길 한가운데에 서서 양지 아버지를 가로막았다. 그러고는 고래고래 악을 쓰기 시작했다.

"당신이 양지를 죽였어!"

윤희가 안타까운 표정으로 보석을 바라봤다. 길을 가던 사람들이 양지 아버지를 바라보며 수군댔다. 경찰이 양지 아버지를 이끌고 가던 길을 계속 걸어갔다.

"당신은 내가 죽일 거야! 이담에 반드시 찾아가서 죽여 버릴 거야!"

보석이 양지 아버지를 향해 고래고래 고함을 질렀다. 양지 아버지가 뿌예진 눈으로 보석을 바라봤다. 자신도 한때는 누군가를 죽이고 싶다고 생각했던 적이 있었는데. 자신의 아버지를 말이다.

임종 167

고등학교 때 아버지가 던진 술병이 내게 굴러오지 않았다면 어땠을까. 발바닥으로 막지 않았다면, 그래서 아버지에게 맞지 않았다면. 그러면 그동안 이렇게 살지 않았을지도 모른다. 아내가 집을 나가지 않았을지도. 양지가 세상을 떠나지 않았을지도. 양지 아버지는 지금껏 살아오면서 계속 피해 다녔던 단어를 떠올렸다. 가장 싫어했던 단어, 후회를. 양지 아버지는 이 순간 자신이 살아온 삶이 통째로 후회스러웠다.

보석이 양지 아버지에게 계속해서 소리를 질렀다.

"도망가도 소용없어. 지구 끝까지 쫓아갈 거니까! 그때까지 감옥에서 벌벌 떨면서 기다려!"

보석은 아무런 대꾸도 하지 않고 묵묵히 걸어가는 양지 아버지를 향해 계속 고함을 질렀다.

2025년 대성리, 강가

어른이 된 보석이 강가에 서 있었다. 양지와 왔던 대성리 강가, 바로 1988년 양지와 신혼여행을 왔던 곳이었다.

그해 가을, 서울의 한 달동네에서 소년과 소녀가 둘만의 결혼식을 올렸다. 그리고 그들만의 판타지 왕국에서 소설을 써 내려갔다. 얼마 안 가 소녀는 소년에게 삶이라는 사막을 건너는 법을 가르쳐 주고 떠났다.

세월이 지나 보석은 양지를 죽음으로 몰고 간 병의 이름을 알게 되었다. 그래서 보석의 슬픔은 훨씬 구체화되었다. 보석은 이따금 양지와 이상과 김소월과 쇼팽이 앓았던 그 병의 이름을 떠올렸다. 그럴 때면 어김없이 명치께가 아파 왔다.

보석이 10대를 보냈던 달동네는 재개발되어 빌라촌으로 변했다. 보석과 양지의 아지트였던 '우리들의 양지' 자리엔 편의점이

들어서서 이제는 흔적을 찾아볼 수 없게 되었다.

보석의 엄마는 재혼하지 않았고 정윤희 누나는 대입 검정고시에 합격한 후 야간대에 진학했다. 이후의 소식은 모른다.

오래전 보석은 도장 파는 사내와 애숙의 결혼식에 초대받아 갔다. 하객 중에서 보석을 알아보는 사람은 진미밖에 없었다. 애숙은 보석에게 주인 할머니가 아흔 살을 채우기 하루 전날, 집에서 편안히 돌아가셨다고 말해 주었다. 생전에 들여다보지도 않던 주인 할머니의 딸이 와서 유품을 정리했는데 장롱에서 진미가 잃어버렸던 속옷이 나왔다고.

도장 파는 사내는 보석을 반갑게 껴안으며 "문디 자슥" 하고 웃었다. 사내는 최근 빌라촌 초입에 도장 가게를 열었다고 했다.

지난날 엄마는 아빠의 죽음에 대해 이렇게 말했다. 하늘에서 리어카가 툭 떨어졌다고. 그리고 아버지의 유품은 비행기 티켓이었다고. 내리막길이었고 위에서 아래로 리어카가 돌진했으니 틀린 말도 아니었다.

덕분에 보석은 그간 한 번도 만난 적 없는 아빠를 상상 속에서 만들어 냈다. 상상 속의 아빠는 비행사도 될 수 있었고, 어린 왕자의 친구도 될 수 있었다. 그리고 보석의 둘도 없는 편지 친구도.

이제 보석은 안다. 그 시절, 아빠의 죽음을 받아들여야 했다는 것을. 가끔은 그 시절 앉은뱅이책상 앞으로 돌아가 아빠한테 편지를 쓰고 있는 자신의 모습을 그리워하게 되리란 것도.

하늘에 계신 아버지께

참으로 오랜만에 편지를 씁니다. 그 애가 아버지한테 간 지 37년이 되었어요.

기대했던 대로 10대는 화살처럼 흘러갔습니다. 이후의 내 삶도 거짓말처럼 행복했습니다.

그 애가 가르쳐 준 대로 늘 한 대만, 한 개씩만 생각했기 때문입니다.

보석이 하늘을 올려다보았다. 푸른 하늘빛이 눈부셨다. 눈이 부시게 푸르른 날은 그리운 사람을 그리워하자던 이는 시인이었던가, 가수였던가. 아무에게도 말하지 않았지만, 오늘은 양지의 기일이다.

보석은 안주머니에서 사진을 꺼냈다. 생전에 양지와 찍었던 유일한 사진, 신혼여행 때 대성리에서 만난 대학생 형이 폴라로이드 카메라로 찍어 준 바로 그 사진이었다. 보석은 서울로 돌아온 후 대학생 형에게 꾼 차비를 갚겠다던 약속을 끝내 지키지 못했다. 딱지로 갚아도 되냐고 물었던 성배 역시 약속을 지키지 못했다. 대학생 형의 주소를 적은 쪽지가 빗물에 얼룩져 글씨를 알아볼 수 없게 되었기 때문이다.

보석은 빗물이 묻은 빛바랜 사진을 들여다보았다. 사진 속 성배는 눈부신 듯 두 눈을 꼭 감고 있었고, 보석은 늘 그래왔듯 입술을 삐죽하게 내밀며 불만 가득한 표정을 짓고 있었다. 셋 가운데 홀로 빛나는 양지만이 수줍은 표정을 지으며 배시시 웃고 있었다.

살얼음이 낀 강 위에 물오리가 떠 있었다. 옆에 새끼 오리도 있었다. 보석이 손가락으로 찰칵! 사진 찍는 시늉을 했다. 그러고는 사진 속 양지에게 오리를 보여 주며 환하게 미소 지었다.

그 시절 내겐 아버지께 편지 쓰는 일이 필요했습니다. 아버지가 돌아가셨단 사실은 중요하지 않았죠.

한마디로 구워 먹을 무언가가 간절하게 필요했어요. 내 영혼의 불판은 지글지글 끓는데 그 위에 올릴 게 있어야죠. 덕분에 그 시절을 견뎌 낼 수 있었어요.

가끔 편지 드릴게요.

2025년 겨울

아들 문보석 올림

에필로그

보석과 양지가 둘만의 아지트인 '우리들의 양지'에 나란히 앉아 있었다. 보석은 양지의 허벅지에 선명하게 그려진 오선지를 바라보며 물었다.

"도대체 얼마나 맞아야 이렇게 돼? 열 대? 스무 대? 백 대?"

"그렇게 계산하면 안 돼. 한 대, 두 대, 세 대로 계산하면 안 된다고. 한 대 맞을 때마다 한 대씩만 계산하는 거야. 맨 처음 맞을 때 한 대. 그다음 맞을 때 한 대. 열 대 맞을 때도 한 대로 계산해. 그래야 백 대가 돼도 한 대가 되는 거야. 그럼 하나도 아프지 않아. 결국 한 대밖에 안 맞은 거니까."

"븅신, 그런 계산법이 어딨어?"

"너도 나처럼 해 봐. 그러면 뭐든 견딜 수 있어. 할 수 있다고. 알 았지?"

작가의 말 —

여덟 번째 소설에 와서야 저의 자매 이름을 불러 봅니다.

박희경, 박윤경, 박미경.

보석이 달동네를 누비던 그 시절, 우리도 그곳에 함께 있었습니다. 저마다 다른 모습으로, 제각기 다른 꿈을 꾸면서 말이죠.

설령 우리가 같은 추억을 다른 기억으로 저장하고 있더라도, 다른 추억을 같은 기억으로 공유하고 있더라도, 제겐 이 모두가 더없이 소중합니다. 우리는 같은 편이었으니까요. 보석과 양지가 그랬던 것처럼.

이 소설은 지금껏 그래왔듯 자전적 이야기는 아닙니다.

다만 분명한 것은 앞으로 한동안, 어쩌면 오래도록 그 시절 달동네에서 마주친 보석과 양지를 그리워하리란 것. 팝콘 소년 보석의 삐죽이던 입술과 베이컨 소녀 양지의 보름달 빵 미소를 아주 오랫동안 떠올리게 될 것 같다는 예감입니다.

이번에도 금손이 지나갔습니다. 폭스코너의 윤혜준 대표님과 구본근 편집장님께 감사를 드립니다. 이 순간 감사를 표현할 더 멋진 말이 있었으면 좋겠습니다. 보석이 양지에게 그랬던 것처럼.
그리고 나의 가족, 고마워요.

2025년 겨울을 기다리며
파주에서 박성경

팝콘 소년 베이컨 소녀

1판 1쇄 발행 2025년 6월 30일

지은이 박성경
펴낸이 윤혜준 | 편집장 구본근 | 디자인 권성희

펴낸곳 도서출판 폭스코너
출판등록 제2025-000042호(2015년 3월 11일)
주소 서울특별시 서대문구 서소문로 27 충정리시온 426호 (우 03741)
전화 02-3291-3397 | 팩스 02-3291-3338
이메일 foxcorner15@naver.com
인스타그램 @foxcorner15

종이 일문지업(주) | 인쇄·제본 수이북스

ⓒ 박성경, 2025

ISBN 979-11-93034-25-5 43810

- 이 책은 경기도, 경기문화재단의 지원을 받아 발간되었습니다.
- 이 책의 전부 또는 일부 내용을 재사용하려면 저작권자와 도서출판 폭스코너의
  사전 동의를 받아야 합니다.
- 잘못된 책은 구입하신 서점에서 바꾸어드립니다.
- 책값은 뒤표지에 표시되어 있습니다.